텀블러 장편소설
FUSION FANTASTIC STORY

현대
천마록

현대 천마록 1

팀블러 장편소설

초판 1쇄 찍은 날 § 2016년 7월 27일
초판 1쇄 펴낸 날 § 2016년 8월 3일

지은이 § 팀블러
펴낸이 § 서경석

편집책임 § 최지원

펴낸곳 § 도서출판 청어람
등록번호 § 제387-1999-000006호
등록일자 § 1999. 5. 31
어람번호 § 제1-2494호

주소 § 경기도 부천시 원미구 부일로 483번길 40 서경B/D 3F (우) 14640
전화 § 032-656-4452 팩스 § 032-656-4453
http://www.chungeoram.com
E-mail §chungeorambook@daum.net

ISBN 979-11-04-90913-9 04810
ISBN 979-11-04-90912-2 (세트)

텀블러 장편소설

FUSION FANTASTIC STORY

현대 ① 천마록

도서출판 청어람

차례

C O N T E N T S

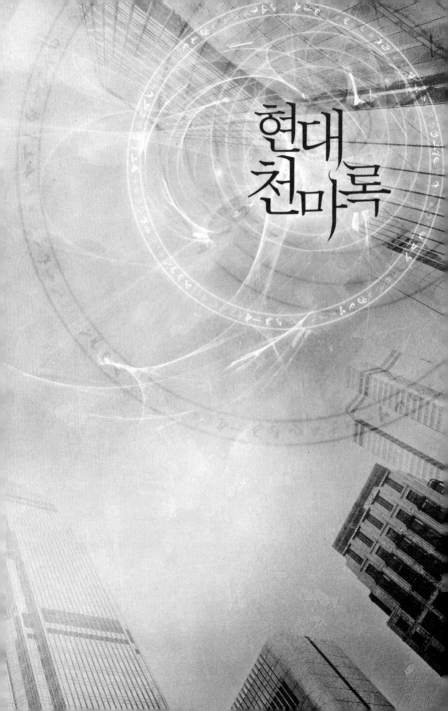

프롤로그

늦은 밤, 사나운 눈보라가 휘몰아친다.

고오오오오!

사내는 산비탈 중턱에 서서 잠시 옷깃을 여몄다.

"춥군."

이 사내의 이름은 천하랑, 중원무림 최고의 무인이자 권과 검의 지존이라 불리는 전설적인 인물이다.

천하랑은 전 무림을 통합한 일월신교의 교주로서 중원무림의 황제로 군림하였지만 영원한 것은 없었다.

사람들은 그를 천마, 혹은 혈마대제라고 불렀다.

중원무림천하에서 천마라는 이름 두 글자를 모르는 사람이 없었으며 그의 이름이 갖는 무게는 천하를 호령할 정도였다.

무소불위, 감히 일국의 황제조차 넘보지 못할 권력을 틀어 쥔 천하랑이었으나 자연의 섭리 앞에선 어쩔 도리가 없었다.

위장에서부터 시작된 악성종양은 전신으로 퍼져 나가 종국에는 뇌와 골수까지 파고들었다.

처음 그가 명의 화타에게 받은 병명은 '반위'였다.

화타는 목숨을 걸고 천하랑을 치료하기 위해 애썼으나 인간의 힘으로 반위를 치료하는 것은 불가능하였다.

천하랑은 모든 것을 내려놓았다.

일월신교의 교주라는 권좌에서 내려왔으며, 천하제일 무인이라는 허명도 내려놓았다.

결국 천하랑은 자신의 모든 것을 내려놓고 산중인이 되기로 마음먹었다.

어차피 사람은 흙으로 돌아갈 것, 아등바등 살다가 가느니 차라리 스스로 죽을 자리를 찾아서 떠나는 것도 나쁘지 않겠다고 생각한 것이다.

그는 대설산 꼭대기에 초가삼간을 짓고 생명이 다할 때까지 살다가 흙으로 돌아가겠노라 다짐했다.

천하랑은 장에서 사 온 보이차와 생선 두 마리로 끼니를 때우고 시집을 읽다가 잠에 들 요량이다.

하지만 천하랑은 더 이상 걸음을 걷기가 힘들어졌다.

스르르르.

"……."

골수와 뇌까지 농이 차서 오장육부가 서서히 허물어지기 시작한 것이다.

그는 무릎까지 푹푹 빠지는 눈밭에 멈추어 섰다.

'이곳이 내가 죽을 자리인 모양이다.'

천하랑은 죽을 자리를 찾고 나니 스스로가 걸어온 인생이 주마등처럼 스쳐 지나가는 것을 느꼈다.

수많은 사람을 죽였고, 그 시체를 밟고 지금의 자리까지 오른 천하랑이다.

그는 무림 최초로 자연경의 경지에 올랐으며, 지금은 그 경지를 넘어서 무형경에 올라 있었다.

자연과 하나가 되어 무공의 형을 깨뜨린 그는 외공과 내공의 한계를 뛰어넘었다.

형이 없다는 것, 무공의 파괴력에 한계가 없어졌다는 뜻이다.

그가 마음만 먹는다면 이 대설산쯤은 손짓 한 번에 녹아내릴 수 있을 것이다.

하지만 이조차 무수히 많은 무인들의 목숨을 앗아가며 이룩한 경지이다.

'그렇게 많은 피를 흘렸음에도 불구하고 죽을 때가 되니 남는 것이 없군그래.'

무공의 끝은 불로불사의 몸이 되는 것이라 생각하던 천하랑은 이 세상에서 가장 멍청하고 머저리 같은 사람이 되어버렸다.

그는 눈밭에 누워 하늘을 바라보았다.

휘이이이잉.

"차갑구나."

천하랑은 그렇게 목숨을 잃었다.

바로 그때, 천하랑의 시신이 빠르게 굳어갔다.

뚜두두두둑!

그의 시신은 빠르게 석화되어 결국 고목과 같은 고체로 변해 버렸다.

고오오오오!

목숨을 잃고 고체가 된 천하랑의 몸에선 검붉은 진기가 뿜어져 나와 유황 지옥을 그대로 재현해 내고 있었다.

하지만 이내 그 붉은색 진기는 푸른색 빛무리로 변해갔다.

이것은 천하랑의 몸이 자연과 하나가 되어 그의 단전과 자연의 진기가 하나로 연결되는 과정이었다.

이러한 과정은 이제 천하랑의 육신이 형을 벗고 진정한 무형의 경지에 이르도록 도와주었다.

무극의 경지, 천하랑은 죽어서 그 무한한 세상에 안착하게 된 것이다.

이윽고 그의 몸은 형태가 없어졌다.

진정한 무극(武極), 그것은 어떠한 힘이나 형태가 아닌 극무(極無), 아무것도 없는 진정한 공허를 뜻하는 것이었다.

이제 그의 영은 현세를 떠나 끝도 없는 윤회의 한 자락으로 들어갔다.

슈가가가각!

윤회의 고리는 시간, 공간, 차원마저 뛰어넘는 무한한 아공간 안에 있다.

천하랑은 이 무한한 공간의 일부가 되었다.

바로 그때, 천하랑의 의식이 깨어났다.

─끄아아아아악!

지금 그의 의식은 사고나 고뇌를 할 수 없는, 아주 원초적인 의식에 불과했다.

하지만 그 강력한 의식은 사념이 영혼으로 변모하여 무작위의 공간으로 그를 흘러 들어가게 만들었다.

팟!

이제 더 이상 천하랑의 영혼은 현세에도, 무한의 공간에도 존재하지 않게 되었다.

제1장
인생무상

충남 대학교의 무연고 시신 보관소.

드르르륵!

두 명의 여자가 한 청년의 시신을 바라보고 있다.

"강화수 씨, 34세 남자. 맞습니까?"

"…네, 맞아요."

며칠 전, 위암 말기로 투병 중이던 34세 청년이 산비탈에서 변사체가 되어 발견되었다.

대전 동부 경찰서의 뒷산이기도 한 계족산 입산 통제구역 앞에서 발견된 그는 발견 당시에 시신이 심하게 훼손되어 있었다.

이곳으로 옮기는 도중에 장기가 흘러내리지 않도록 바늘로 꿰매어 놓았기에 망정이지 그렇지 않았다면 그는 내장도 온전히 남아 있지 않았을 것이다.

"우리 화수가 왜 이 지경이 된 건가요?"

"아무래도 입산 통제구역과 등산로를 구분하지 못한 것이 아닌가 싶습니다. 왜, 아시죠? 그 주변으로 야생동물이 많이 출몰하지 않습니까?"

"…동물이 아니라 괴물이겠죠."

"뭐, 아무튼 말입니다."

군에서 전역했을 때부터 지금까지 2년 동안 위암 투병을 해 온 그는 이미 장기의 대부분이 암세포로 매흙질이 된 상태였다.

아마 입산 통제구역에 들어가 봉변을 당하지 않았다고 해도 어차피 저세상으로 떠났을 시한부라는 소리다.

화수의 가족들은 깊은 한숨을 내쉬었다.

"아무리 힘들어도 그렇지, 이렇게 난도질이 되어 죽으면 어쩌느냐, 이 모자란 놈아."

"흑흑, 오빠……."

경찰들이 시신 보관함을 닫았다.

드드드득!

"이제 연고자가 오셨으니 저희들은 시신을 인계하겠습니다. 부검을 의뢰하신다면 저희들이 국과수로 시신을 가지고 가겠습니다. 사람이 죽었으니 수사는 계속될 것이고요."

"…괜찮습니다. 죽기 직전까지 매일 피만 토하면서 살던 아이의 배를 가르고 싶지는 않네요."

"알겠습니다."

강화수의 보호자들이 나간 후, 경찰들은 담배를 한 대씩 피워 물었다.

치익, 치익!

"후우, 그나저나 너무 안됐네. 어떻게 괴물에게 뜯어 먹혀 죽을 수가 있지?"

"그나마 작은 놈들에게 걸린 것이 다행이지, 안 그랬으면 시신이 남아 있었겠어?"

"거참, 시청에선 계족산을 폐쇄한다고 한 지가 언제인데 아직도 정식 입산 통제를 안 걸어? 하여간 이해를 할 수 없는 놈들이라니까."

"아직 2급 통제구역으로 승급이 안 되었다나 뭐라나?"

"괴물에 등급이 어디 있어? 그냥 걸리는 족족 사람 살점부터 뜯어 먹는 놈들인데."

"그러게 말일세."

"하여간 시청 수렵과인지 뭔지 있으나 마나 한 곳이라고 소문이 자자하던데, 세금으로 그런 곳이나 굴리고 있으니 나라가 이 모양 이 꼴이지."

"그만하게, 누가 듣겠어."

경찰들은 서둘러 자리를 떠났다.

"가서 소주나 한잔하세."

"좋지."

두 사람은 발로 꽁초를 비벼 끈 후 곧바로 병원을 나섰다.

              *   *   *

대전 충남 대학교 병원 영안실.

"흑흑!"

"상주님, 그쪽이 아니라 반대쪽입니다."

"…죄송합니다."

염을 하는 내내 정신이 없어 제 몸 하나 가누기도 힘든 지수였다.

그녀는 눈물범벅이 되어 싸늘하게 식은 화수의 몸을 잡고 있었다.

"…못 하겠어요."

"그래도 하셔야 합니다."

"……."

화수는 어려서부터 머리가 비상했다.

공부를 시키면 곧잘 했고, 운동을 시켜도 재능이 있어 금방 실력이 늘었다.

만약 그가 마음껏 공부를 할 수 있었다면 흔히들 말하는 '사' 자 들어가는 직업을 가지고 있었을지도 모른다.

하지만 화수네 집안은 그럴 형편이 못 되었다.

아버지 정태는 젊어서부터 팔도를 돌아다니며 사냥꾼 일을 해왔는데, 유명한 포수이긴 했으나 돈을 잘 벌지는 못하였다.

그런 가운데 막내 연수가 태어나자마자 심장에 희귀한 병을 달고 태어나 가세가 점점 기울기 시작했다.

화수는 아버지 정태를 따라다니면서 어깨너머로 사냥을 배웠고, 머리가 좀 크고 나선 직접 총도 쏘고 짐승 가죽도 벗기게 되었다.

그때부터였다.

화수는 하루도 쉬지 않고 일했으며, 아버지 정태가 사고로 세상을 떠난 후엔 가장이 되어 특전사에 입대하였다.

그는 아버지 대신 가족을 돌보면서도 자신을 위해선 십 원한 장 쓰는 법이 없었다.

화수는 오로지 누나와 여동생, 이 두 명을 위해서만 살아온 가족밖에 모르는 사람이었던 것이다.

지수는 동생 화수가 암에 걸려 군에서 퇴역하고 투병 생활을 하던 시절, 이런 소리를 자주 들었다.

'내가 아버지를 세상 밖으로 떠나보냈으니 그 업을 받는 거야.'

화수는 아버지와의 사냥 중에 사고를 당했다.

그 사고로 눈앞에서 아버지가 사망하셨고, 화수는 그때부터 지금까지 죄의식 때문에 더욱 힘들게 살아온 것이다.

비록 집안 형편이 어려워 자신도 일만 하면서 살아온 지수이지만 화수가 너무 애달프게 느껴졌다.

"흑흑, 이렇게 가는 건 너무하잖아! 세상에 사람이 이렇게 가는 법이 어디 있어?! 이 바보야, 이럴 줄 알았으면 그냥 자유롭게 살지 그랬어! 도대체 이게 뭐야?!"

"언니……."

위암 말기에 암세포가 뇌까지 전이되어 걸음도 제대로 걷지 못하는 화수였지만 끝까지 웃음을 잃지 않았다.

가장이라는 무게를 견뎌내기 위해 투병 생활 중에도 생명의 끈을 놓지 않고 끝까지 운동에 매달리고 있던 화수다.

죽기 직전까지도 가족을 위해 살아오던 그는 이제 이 세상에 없는 사람이 되어버렸다.

"이제 관 닫겠습니다."

"흑흑……!"

지수는 관 뚜껑을 붙잡았다.

"…자, 잠깐만요!"

"상주님?"

"…정말 죄송합니다. 마지막으로 얼굴 한 번만 더 볼게요."

"휴우… 그러십시오."

소중한 사람이 먼저 떠나는 것을 반길 사람은 그 어디에도 없을 것이다.

장의사는 그것을 아주 잘 알기에 관 뚜껑을 조금 늦게 닫아도 별다른 소리를 하지 않았다.

"그럼 저는 담배 한 대 피우고 오겠습니다. 괜찮죠?"

"…감사합니다."

지수는 화수의 얼굴을 양손으로 붙잡았다.

"후우, 이것 참, 미치고 팔짝 뛸 노릇이네. 이게 도대체 무슨 일이야?"

도저히 믿어지지 않는다는 눈초리로 화수를 바라보던 지수는 살며시 동생의 손을 잡았다.

태어나 처음으로 잡아보는 동생의 손이 너무나 차가워 지수는 고개를 떨궜다.

"미안하다, 정말로……."

남매지만 살가운 말 한마디 해본 적 없는 지수는 동생의 손을 살아생전에 잡아본 적이 없다는 것이 너무나 애석하게 느껴졌다.

이 손에 따뜻한 온기가 남아 있다면 얼마나 좋을까 하고 생각하는 지수였다.

"……."

"어, 언니?"

"왜 그래?"

"저, 저기……."

나란히 서서 화수를 바라보고 있던 연수가 떨리는 손으로 관을 가리켰다.

"저, 저, 저기……!"

"뭐?"

무심코 그녀의 손가락을 따라 고개를 돌린 지수는 자신의 눈을 의심했다.

드르르르르륵!

화수의 시신이 담긴 관이 미친 듯이 떨려오고 있는 것이다.

"어, 어어……?"

"어, 언니, 오, 오빠가 왜 저래?!"

멀쩡하던 관에 진동이 울리는 것으로 모자라 그의 몸이 뉘여 있던 관 뚜껑이 스스로 열렸다.

스스스, 팟!

"오, 오빠!"

"화수야!"

바로 그때, 관 뚜껑이 하늘 높이 날아올랐다.

콰앙!

"어, 엄마야!"

"이, 이게 도대체 무슨 일이야?!"

잠시 후, 관 깊숙한 곳에 누워 있던 화수가 몸을 벌떡 일으켰다.

"……."

"오, 오빠?"

"으으으으윽!"

눈을 뜬 화수의 몸에 검붉은 핏줄이 일어나더니 뼈가 부러지고 다시 붙는 소리가 들렸다.

뚜두두두두두둑!

"크허어어억!"

"화수야!"

"아아……!"

이윽고 그는 다시 쓰러졌다.

털썩!

지수는 재빨리 동생의 심장에 귀를 가져다 댔다.

두근두근!

"사, 살았어!"

"뭐, 뭐라고?!"

"간호사를 불러야겠어! 넌 이곳을 지키고 있어!"

"…언니, 무서워!"

"괜찮아! 오빠가 있잖아!"

그녀는 싸늘한 시체가 되어 있는 오빠의 손을 잡았다.

혹시나 했지만 온기가 있었다.

"따뜻하다……."

그녀는 세상에서 가장 사랑하는 오빠의 품에 잠시 얼굴을 묻었다.

*   *   *

삐빅, 삐빅.

간헐적으로 들려오는 생명 유지 장치의 기계음이 천하랑의 귀를 간질이고 있다.

"……."

마치 정신이 나간 사람처럼 멍하니 누워 있던 천하랑에게 두 여자가 다가왔다.

"오빠, 괜찮아?"

천하랑은 고개를 갸웃거렸다.

'오빠?'

천애 고아인 천하랑은 가족이 있으면 좋겠다고 생각한 적이 있다.

인간의 고독은 무소불위의 권력으로도 채울 수 없으며, 높은 자리를 꿰찰수록 커져갔다.

무한의 공간과도 같은 인간의 욕심은 결코 메울 수 없었다.

'꿈이라도 좋군.'

그는 자신의 앞에 있는 그녀들이 하는 얘기를 가만히 들어 주었다.

"오빠가 깨어나서 얼마나 다행인지 몰라. 세상에, 나는 오빠가 꼼짝없이 죽는 줄 알고 얼마나 걱정했는지……."

"그래, 연수가 삼 일 밤낮을 울었다고, 이 무심한 자식아."

"흥, 그건 언니도 마찬가지잖아."

"내, 내가 언제? 난 울지 않았어!"

"…이럴 줄 알고 내가 핸드폰으로 언니가 밤마다 몰래 우는 것을 녹음해 두었지."

"뭐, 뭐라고?!"

"그냥 오빠가 걱정되었다면 걱정되었다고 나처럼 말로 해."

소녀는 천하랑의 손을 잡고 가슴에 얼굴을 묻었다.

"으음, 좋다! 약 냄새가 좀 나긴 하지만 확실히 오빠 냄새가 나!"

"……"

천하랑은 당혹스러웠다.

'뭐, 뭐지?'

이 여자들은 분명 처음 보는 사람들인데도 불구하고 이렇게 애정을 표현하고 있다.

이렇게까지 살가운 경험을 해본 적이 없는 천하랑은 몸 둘 바를 몰랐다.

하지만 바로 그때, 그의 머리에 찌릿찌릿한 감정이 전해졌다.

두근두근!

천하랑은 가슴이 아파오는 것을 느꼈다.

하지만 그는 눈물을 가슴속으로 머금고 오히려 미소를 지었다.

그는 자신의 영혼이 머물고 있는 이 육신의 원주인이 가지고 있던 기억을 각성해 낸 것이다.

천하랑은 이제야 미소를 지었다.

'그래……'

지금 이 티격태격하는 자매야말로 청년 강화수가 목숨을 걸고서라도 지키고 싶어 하던 혈육이었다.

천하랑이 입을 열었다.

"…지겹지도 않냐? 둘 다 그만 싸워."

"오, 오빠!"

"흑흑, 화수야! 드디어 정신을 차린 거야?!"

"둘 다 울지 마. 누가 보면 초상이라도 치른 줄 알겠네."

"…초상이야 몇 번이고 치를 뻔했지."

그녀는 화수가 일어나자마자 간호사를 호출했다.

삐익!

"간호사님, 환자 깨어났어요."

—그래요?! 잘되었군요! 지금 당장 MRI부터 찍으시죠. 안 그래도 교수님께서 암세포 전이 등의 문제로 걱정이 많으셨어요.

순간, 천하랑은 자신의 귀를 의심한다.

'암?'

그제야 그의 정신이 온전히 화수와 합쳐지면서 자신의 몸 상태에 대해 자각했다.

'…암 말기.'

지금의 그는 전생의 자신이 앓던 것보다 훨씬 더 지독하고 심각한 정도의 암을 앓고 있었다.

아마 지금의 삶이 전생보다 지독하면 더 지독했지 더 살 만하지는 않을 것이다.

그는 스르르 눈을 감았다.

'그냥 깨어나지 않는 편이 좋을 뻔했군.'

화수의 몸이 검사 병동으로 옮겨졌다.

                    *   *   *

충남 대학교 암 센터.

딸깍딸깍!

"환자분, 저 보이세요?"

"…네."

"이것 참……."

천하랑은 고개를 돌려 암 센터 전문의 강석현을 바라보았다.

그는 도무지 이해할 수 없다는 표정이다.

"분명히 심장이 정지했는데 염하던 도중에 사람이 깨어나다니, 이건 도대체 무슨 일인지 모르겠군요."

"저 역시……."

"간혹 장례를 치르다가 사람이 살아나는 경우가 있기는 합니다만, 그건 시신이 온전했을 때의 얘기지요."

"…본인을 앞에 두고 시신이라니요."

"죄, 죄송합니다. 달리 어떻게 표현할 길이 없어서……."

천하랑, 아니, 화수는 그를 바라보며 물었다.

"상태는 어떤가요?"

"일단 원래 가지고 있던 질병의 상태는 그대로입니다."

"……."

"하지만 강화수 씨, 정말 기적이라고밖에 설명할 수가 없겠군요. 개복 상태로 한 시간 넘게 있었음에도 불구하고 목숨이 붙어 있다는 것은 정말 희귀한 케이스입니다."

"뭐, 그건 그렇지요."

아마 이대로 시간이 흐른다면 그는 또다시 영안실로 들어갈 것이다.

이미 그의 온몸에는 암세포가 다 퍼져서 살아도 살아 있는 몸이 아니었다.

하지만 단 하나, 그가 기대를 걸어볼 수 있는 사실이 있었다.

천하랑이 화수로 환생하면서 그가 가지고 있던 기혈과 혈맥들이 전생의 몸과 똑같은 구조를 갖게 된 것이다.

지금 화수의 몸은 하단전, 중단전, 상단전이 모두 열려 있는 상태였다.

사실 지금도 그가 숨을 쉴 때마다 아주 옅은 농도의 진기가 차곡차곡 쌓이고 있었다.

그러나 단순히 진기가 몸에 쌓인다고 해서 암이 낫는 것은 아니다.

전생의 화수는 고금무쌍의 무력을 가지고 있음에도 불구하고 암으로 세상을 떠났기 때문이다.

의사는 화수의 몸이 예전과 다를 바가 없다고 경고했다.

"아무튼 당분간 입원하셔서 경과를 좀 지켜보는 편이 좋겠습니다. 목숨이 붙어 있긴 하지만 암이 나은 것은 아니니까요."

"입원이요?"

화수는 고개를 가로저었다.

"안 됩니다. 그럴 여유가 없어요."

"지금 나갔다가 쓰러지면 앞으로의 일을 장담할 수가 없어요. 그래도 괜찮아요?"

"어차피 이곳에서 할 수 있는 일도 별로 없잖습니까?"

"……"

사고를 당하기 전에도 병원에서 할 수 있는 일이 진통제 처방밖에 없다고 의사가 말했다.

화수가 생각하기에 이곳에 계속 있다고 뭔가 나아질 것 같지는 않았다.

하지만 의사는 그를 한 번 더 설득했다.

"그래도 할 수 있는 검사는 다 해봅시다."

"싫어요. 그래봐야 돈만 더 들지 나아지는 것도 없지 않습니까? 안 그래요?"

"…흐음."

그는 더 이상 화수를 붙잡을 이유를 찾지 못했다.

"좋습니다. 퇴원 약을 처방해 드리겠습니다. 꾸준히 드세요."

"고맙습니다."

화수는 휠체어를 타고 다시 병실로 향했다.

*　　　　*　　　　*

며칠 후, 화수는 퇴원 수속을 밟을 수 있었다. 하지만 병원에서 나오는 순간에도 마음이 편치 않은 화수였다.

[병원비 총액: 1,291,230원]

"……."

"하하, 날씨 좋다, 그치?!"

화수는 억지웃음을 짓고 있는 누나의 얼굴을 바라보았다.

"돈은 어떻게 마련했어?"

"그걸 네가 왜 신경 써? 너는 그냥 앞으로 어떻게 살아갈 것인지만 걱정하면 되는 거야."

그는 지수가 또다시 무리해서 사금융에 손댔을 것이라고 추측했다.

지금까지 사금융이 돈을 융통해 주지 않았다면 검진과 약값을 대기도 불가능했을 것이다.

천만다행으로 사금융에 아는 사람이 있어서 이자 상환만으로 버티고 있지만 이대론 파산할 것이 분명했다.

화수는 자신이 몸져누워 있을 때부터 시작된 이 가난의 고리를 언젠가는 끊어야 한다고 생각했다.

'그래, 환생을 했으면 환생한 환경에 맞춰 살아야지.'

만약 천하랑의 성격이었다면 자신이 원하는 대로 살아가기 위해 무슨 짓이든 했을 것이다.

하지만 그런 인생이 얼마나 허무한지 뼈저리게 느낀 천하랑이기에 그는 한 번쯤 사람답게 살아보려 노력할 생각이다.

대전 자양동의 달동네.

끼이익.

지어진 지 벌써 40년이나 된 허름한 판잣집에 들어선 화수는 동생을 찾았다.

"연수야, 오빠 왔다."

"오빠?!"

올해로 열아홉이 된 연수는 학교를 나가는 날보다 쉬는 날이 더 많아서 학생으로서의 삶을 누리지 못하고 있었다.

원인 미상의 심장병 때문에 극심한 심부전과 대사 이상을 겪고 있기 때문이다.

지금껏 동생이고 뭐고 가족이라는 개념조차 없이 살아온 천하랑에게는 이해하기 힘든 감정이지만 화수에겐 애틋한 피붙이였다.

그녀는 잘 걷지도 못하는 몸을 이끌고 버선발로 달려 나왔다.

"…걱정 많이 했어. 다시는 오빠를 보지 못하면 어쩌나 했거든."

"난 안 죽는다. 내가 왜 죽어? 아직 제대로 연애 한 번 못 해 봤는데."

"쿡쿡, 그놈의 연애."

외모가 딱히 모자란 편은 아니었지만 군에서 모은 돈을 전부 집으로 보내야 했던 화수는 연애를 할 여유가 없었다.

시간이라도 많았다면 모를까, 주말마다 아르바이트까지 했던 화수에게 연애는 사치에 불과했다.

물론 전생의 그는 미녀들이라면 눈에 보이는 족족 취하였기 때문에 만리장성을 쌓은 경험이 거의 황제 부럽지 않은 수준이었다.

아마 방중술로 겨룬다면 강남 제비가 몇 수 접어야 할 것이다.

화수는 휠체어에서 내려 자신의 방문을 열었다.

드르르르륵!

"……"

그는 방 한가운데 걸려 있는 사냥용 총을 바라보았다.

그러자 낡은 기억이 떠오른다.

[특수 수렵 전담반—강화수 상사]

사람들은 상사 강화수를 이렇게 기억하고 있다.

전설, 혹은 살아 있는 신화.

그는 전 군을 통틀어 단 한 명뿐인 몬스터 조사 인력이자 최고의 수렵 전문가였다.

군사 전문가들은 13년 동안 무려 1,500건이 넘는 사건을 해결한 수렵 전문가는 다시없을 것이라고 말했다.

자운대 중앙 군사학교와 육군사관학교 수렵 분야 수업에선 화수가 해결한 사건들을 시범 교육으로 채택하여 사용하고 있다.

또한 그의 노하우나 지식을 책자로 만들어 교범으로 사용하고 있을 정도로 화수의 전문성은 뛰어나다고 볼 수 있었다.

그런 화수가 이끌던 통칭 '야차 중대'는 한 분야에 특화된 인력을 수렵에 투입한 최초의 부대였다.

한국에서 수렵이라는 분야가 자리 잡은 지 이제 10년 남짓, 아직도 야차 중대는 수렵 전문 부대의 전설로 남아 있다.

하지만 이렇게 화려한 시절을 보낸 화수는 단 한순간에 무너지고 말았다.

위암 말기. 그는 몬스터 사냥에서 입은 피해가 누적되면서 결국 순식간에 암세포가 온몸으로 전이되었다.

군은 그가 전투 불능이 되자마자 부대를 해체시키고 그를 사회로 돌려보냈다.

젊음과 목숨을 바친 그를 군이 헌신짝처럼 버린 것이다.

그는 자신이 얼마나 멍청한 짓을 하면서 살아왔는지 깨달았다.

'그래, 국가에 충성해 봐야 남는 것이 뭐 있겠냐? 썩은 몸뚱이 하나 남았을 뿐인데.'

몬스터들이 죽으면서 내뿜는 독성 물질 때문에 수렵 전문가들은 몸속에 발암 인자를 품고 살아가야 한다.

지금은 독성 물질을 최소화하는 기술이 개발되었지만 10년 전만 해도 몬스터는 미지의 생물이었다.

화수의 희생으로 후배들은 안정적인 길을 걷게 되었지만 국가에서 그에게 해준 것은 10년 동안 지급되는 월 60만 원의 연금뿐이었다.

현재 군에선 근속 15년이 지나야 연금과 각종 혜택이 제공되는데, 화수는 자격이 갖춰지지 않았다.

일도 할 수 없고 집안 사정도 여의치 않은 화수는 가진 것도 없이 백수 신세가 되어버린 것이다.

그는 떨리는 손으로 자신의 방 한구석에 자리 잡고 있는 특수전 사령부 유니폼을 떼어냈다.

부우우욱!

무려 13년 동안 함께해 온 특수전 사령부 엠블럼과 각종 휘장을 떼어낸 화수는 자신의 이름표와 상사 계급장도 떼어냈다.

'과거는 이제 더 이상 없다.'

이로써 그는 상사 강화수라는 과거를 떨쳐내고 인간 강화수로 돌아오게 된 것이다.

그는 전화기를 들었다.

"나야, 강화수."

―어? 너 죽은 거 아니었어?

"…그랬으면 좋겠냐?"

―뭐, 사람이 죽고 사는데 좋고 싫고가 어디 있겠냐?

"……"

화수의 전화를 받은 사람은 영등포에 사는 지인이다.

군에서 복무하던 시절 만난 그는 화수에게 있어 앙숙이면서도 암묵적인 조력자였다.

화수는 오늘도 다짜고짜 부탁을 먼저 한다.

"부탁 하나만 하자."

―뭔데?

"코어 몇 개만 팔아."

―뭐? 뭘 팔라고?

"코어 말이야."

―내가 지금 코어를 어디서 구해? 코어는 국가 공인 자격증이 있어야 구할 수 있는 거 몰라?

"…네가 창고에 처박아둔 코어가 몇 개인지 내가 일일이 읊어줘?"

―제기랄, 넌 나를 너무 잘 알고 있어. 그때 죽었어야 하는데……

"죽이지 못한 네 잘못이 크다. 아무튼 코어 몇 개만 팔아. 할 수 있지?"

―그냥 시중에서 구하지 그래? 요즘은 코어값도 많이 내려갔던데.

"그딴 반쪽짜리 쓰레기를 구할 것 같았으면 네게 전화를 했을까?"

―뭐, 그건 그렇지.

"내일 오전 열 시에 찾아간다. 그때까지 구해줘."

―대가는?

"K―55 소총 한 자루면 되겠나?"

―으음, 대 몬스터용 수렵 총이라… 사정이 꽤 급한 모양이지? 무기를 다 팔아먹고 말이야.

"…할 거야, 말 거야?"

―오케이, 주문 접수했어. 혹시나 해서 말하는 것이지만 소총을 빼돌린 사람은 너야. 적발되어도 난 모르는 일이다.

"장사 한두 번 해보나? 내일 보자."

전화를 끊은 화수는 주섬주섬 짐을 챙겼다.

*   *   *

화수는 한여름임에도 불구하고 자신의 몸을 꽁꽁 싸맨 채 영등포 뒷골목을 찾았다.

쾅쾅쾅!

"문 열어."

간판에 '돼지 엄마'라고 쓰인 여인숙 문을 두드리자, 그 안에서 젊은 여성이 고개를 내밀었다.

"누구세요?"

"…나야."

화수가 얼굴을 가리고 있던 목도리를 내리자 그녀는 금세 얼굴을 알아보았다.

"어? 오랜만이네? 여긴 어쩐 일이야?"

"돼지 아빠 만나러 왔지."

"그래, 잠시만."

끼릭끼릭.

그녀는 반가운 듯이 웃었다.

"이야, 이게 얼마만이야? 죽었다는 소식은 들었는데."

"…유감스럽게도 죽었다가 살아났다."

"아아, 그래?"

이곳에 사는 사람들은 대부분 화수에게 좋지 않은 감정이 있어서 지금의 환대는 반대로 엄청난 적의를 내포하고 있는 것에서 나오는 것이라 볼 수 있다.

그녀는 화수를 여관 안으로 안내했다.

"여관 손님 말고 그쪽 손님이 오는 것은 아주 오랜만이네."

"여관? 요즘은 여관발이도 받아?"

"먹고는 살아야 하니까."

"장물아비도 불경기인가 보군. 천하의 돼지 엄마가 사창가를 다 운영하고 말이야."

"누구 때문에 아주 죽을 쑤었더니 장사가 영 안되네."

"그래서 장사 시켜주러 온 거잖아."

"…아이고, 고마워 죽겠네."

일 년에 몇 번씩 몬스터 코어의 불법 유통을 단속해 오던 화수는 이곳 '돼지 엄마' 역시 밥 먹듯이 들쑤셔 놓았다.

물론 단속의 수위를 조절해 줘서 큰 문제는 없었지만 블랙마켓의 신뢰도가 떨어져 장사가 잘 안되는 모양이다.

얼마나 장사가 안되면 '여관발이'까지 운영하고 있는 것이다.

화수는 그녀를 따라서 지하실로 내려왔다.

"킁킁, 냄새가 역하군."

"보수공사를 제대로 못 해서 말이야. 하여간 저놈의 자식은 게을러 처먹었다니까!"

지하에선 오래된 몬스터 사체 냄새가 퀴퀴한 곰팡이 냄새와 섞여 역겨운 조화를 이루고 있었다.

화수는 지하실 구석에 있는 작은 방문을 두드렸다.

똑똑.

"나다."

"일찍 왔군."

이윽고 방문이 열리며 선글라스를 쓴 청년이 모습을 드러냈다.

그는 손과 발이 전부 초록색이었는데, 이것은 그의 화려한 과거를 상징하는 훈장과도 같은 것이다.

그는 사설 수렵꾼으로 명성이 자자했는데, 그때 쌓은 명성으로 지금의 블랙마켓 유통 루트를 마련하게 된 것이다.

비록 손과 발이 모두 잘려 몬스터의 것을 이식받았지만 지금도 밀렵계에선 알아주는 황금 손으로 통했다.

일명 '돼지 아빠' 지성준이 화수에게 손을 내밀었다.

"물건."

"먼저 보여주면 꺼내놓도록 하지."

"뭐, 그러자고. 어려울 것도 없으니."

지성준이 부드러운 재질로 된 박스를 꺼내어 뚜껑을 열었다.

스르르릉!

푸른색 광채가 뿜어져 나오는 지름 5㎝의 작은 물체, 이것이 바로 차세대 에너지원인 몬스터 코어였다.

몬스터들이 꼭 인류에 해만 끼치는 것은 아니었다.

민간에서는 이 괴물들의 시신을 약재나 건설, 혹은 패션 자재 등으로 사용하여 색다른 시장을 개척해 나가는 중이었다.

특히나 괴물들의 뇌나 심장 부근에 있는 일명 '코어'는 대체 에너지로서 큰 각광을 받고 있었다.

코어에는 몬스터가 살아가는 데 필요한 에너지가 축적되어 있는데, 지금까지 밝혀진 바에 의하면 지름 1㎝의 몬스터 코어가 가진 에너지의 양이 일반 가정 한 달 생활 전량과 맞먹는다는 것이다.

그러니까 이것을 잘 개량하기만 하면 차를 굴리고 보일러를 돌리는 등의 일상생활은 물론이고 공장이나 발전기를 돌리는 일이 가능하다는 소리였다.

인간에게 아주 유용한 몬스터 코어와 시신의 부산물이지만, 이것을 취급할 수 있는 것은 대기업이나 일부 전문가뿐이었다.

때문에 대기업과 일부 전문가들이 몬스터 코어를 가공하여 몇 배의 폭리를 취해도 민간에선 고스란히 그것을 떠안고 구매할 수밖에 없었다.

만약 화수가 직접 코어를 구한다면 그런 번거로움이나 수수료를 내지 않아도 되겠지만, 당장 그의 몸을 움직이기엔 무리가 있다.

예전과 같았다면 밀수를 단속했을 화수이지만 이젠 반대로 밀수에 손을 대고 있었다.

화수는 반투명 구체인 코어를 들어 그 내부를 자세히 살폈다.

"으음, 투영도가 좋군. 이 정도면 구하는 데 꽤 애를 먹었겠는데? 요즘도 사냥을 하나?"

"미쳤어? 이 꼴로 사냥 나갔다가 먹이가 되면 어쩌려고?"

"하긴, 그건 그렇지."

코어는 빛이 투영되는 모양이 고우면 고울수록 등급이 높고 축적된 에너지원도 많았다.

"1등급인가?"

"조금 못 된다고 볼 수 있지."

"뭐, 그게 그거지."

화수는 그에게 미련 없이 K—55 수렵용 소총을 건넸다.

"받아라."

"오오, 수렵용 소총! 특수 전담반에게만 맞춤 제작을 해준다더니 정말 네게 딱 맞춰져 있군."

"세상에 하나뿐인 총이다. 소중하게 다뤄."

"나중에 다시 찾으러 온다는 소리는 안 하겠지?"

"봐서."

K-55는 수렵 전담반에게만 보급된 개인 맞춤 소총인데, 외부의 구조나 가늠자, 탄창, 심지어 방아쇠까지 전부 사용자 개인에 맞춰 디자인되어 있었다.

지금 지성준은 좋다고 미소를 짓고 있지만 그가 모르는 한 가지가 있었다.

'모자란 놈, 어차피 네놈은 그 총을 가지고 있어봐야 쏘지도 못한다.'

K-55 소총은 홍채 인식 시스템과 지문 인식 시스템이 총을 제어하기 때문에 총의 주인 본인이 아니면 사격은커녕 탄창도 제거할 수 없었다.

더군다나 총기의 재질이 전부 티타늄 다이아몬드 합금으로 되어 있어서 어지간한 방법으론 녹이거나 찌그러뜨리는 것도 불가능했다.

원래는 예비군 보급으로 나온 총이지만 암 투병으로 대상에서 제외된 화수에겐 필요 없는 총이나 다름없었다.

그는 코어를 품속에 갈무리했다.

"…총기 밀거래는 위험하다. 어지간하면 시간이 좀 많이 지

난 다음에 팔아먹어."

"후후, 물론이지."

지성준은 돌아선 화수에게 불현듯 물었다.

"그런데 말이야, 그 코어로 뭘 하려고? 장사를 하려는 것은 아닐 테고."

"연구."

"연구?"

"그런 것이 있어. 잘되면 내년에 또 볼 수도 있고."

"끔찍한 소리군."

화수는 이 코어를 흡수하여 자신의 내단을 재구성하는 방법을 구상하고 있다.

무림 최고의 절학 중 명교의 무공인 흡성대법은 일월신교의 지파 혈교에서 전해져 내려오는 희대의 마공이다.

이는 사람의 진기와 신체를 흡수하여 내공을 증진시키는 극악무도한 심법인데, 100년 전부터 명교 내부에서도 흡성대법의 전수를 금기해 왔다.

하지만 그는 무공이라면 정, 사, 마공 할 것 없이 전부 다 익혔기 때문에 흡성대법도 극성으로 연마하고 있었다.

만약 인간의 진기만을 빨아들인다면 그저 내단만 늘릴 뿐 암을 치료할 수는 없겠지만 몬스터의 코어는 다르다.

코어는 원래 몬스터가 살아가는 에너지원이기 때문에 흡수하게 된다면 암세포의 대사를 억제해서 궤멸시킬 수도 있을 것이다.

한마디로 코어를 흡수하는 것만으로도 충분히 항암 작용이 될 수도 있다는 뜻이다.

하지만 지금까지 그 어떤 누구도 코어의 신비를 100% 다 해부한 적이 없어서 이것을 흡수했을 때 어떤 일이 벌어질지 아무도 알 수가 없었다.

'이제부터는 모든 것이 신의 뜻에 달렸다.'

화수는 코어를 가지고 다시 대전으로 향했다.

제2장
신의 뜻에 따라

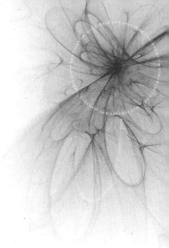

계족산의 출입 통제구역.

삐익, 삐익.

종달새도 아니고 뻐꾸기도 아닌 작은 새소리가 화수의 귀를 간질이고 있다.

일반인에겐 아주 어색하고 이상한 소리겠지만 화수에겐 이 정체불명의 새소리가 참으로 익숙했다.

"이쯤이 좋겠군."

이 새의 이름과 생김새에 대해서 알 수는 없지만 이 작은 지저귐이 들리는 곳엔 몬스터가 자생하지 않는다.

아무래도 이 새의 감각이 꽤나 뛰어나서 위험을 감지하는 모양인데, 처음 하사로 임관해서부터 들어온 이 소리는 그에게 있어서 초인종이나 다름없었다.

화수는 가부좌를 틀고 앉았다.

뚜두둑!

"으으윽!"

약해질 대로 약해진 몸이 몬스터의 습격을 받아 뒤틀리는 바람에 성한 곳이 하나도 없었다.

그는 억지로 뼈를 틀어 정좌하였다.

뚜둑!

"끄응!"

뼈마디가 저려서 어찌해 볼 도리가 없는 화수였지만 이를 악물고 눈을 감았다.

"후우……."

가부좌를 튼 화수의 양쪽 손과 입안에는 총 네 개의 몬스터 코어가 들어 있다.

이 코어들은 죽어가는 몸에 생기를 불어넣고 더 나아가 꺼져가는 생명에 불을 지펴줄 것이다.

물론 이것은 어디까지나 가정일 뿐이지 그 누구도 효과를 검증시켜 줄 수는 없었다.

화수는 가부좌를 튼 상태에서 천천히 운기조식을 시작했다.

스스스스!

건곤대나이의 검붉은 진기의 파장이 화수의 몸 구석에서부터 발현되었다.

찌릿!

'으윽!'

지금 화수의 몸은 천하랑의 기혈과 단전을 가지고 있기는 했지만 처음으로 건곤대나이의 기운을 받아본 몸이다.

아무리 건곤대나이가 대자연을 본떠서 만들었다곤 해도 처음부터 이 엄청난 무공을 받아들이기엔 무리가 있었다.

하지만 화수는 몸이 깨질 듯한 고통에도 무리하여 건곤대나이를 중단전으로 흘려보냈다.

끼기기기기긱!

아직 덜 풀린 혈도를 타고 묵직한 건곤대나이의 진기가 흘러들어 가자, 혈맥이 다 뒤틀리고 근골이 서서히 무너지기 시작했다.

뚜두두둑!

'…참아야 한다!'

지금 이 상태에서 만약 입이라도 잘못 뻥긋거렸다간 온몸에 있는 구멍이란 구멍이 다 열려 피가 분수처럼 뿜어져 나올 것이다.

이제 그는 무너지려는 몸을 지탱하기 위해 첫 번째 실험을 감행했다.

'흡성대법!'

슈가가가가가각!

신체에는 총 세 개의 단전이 있다.

하나는 하복부, 또 하나는 명치 인근, 마지막 하나는 백회혈과 미간 사이에 존재한다.

화수는 이 세 개의 단전 중 과연 어느 곳에 코어의 기운을 담았을 때 몸이 가장 잘 반응하는지 실험하려는 것이다.

만약 조금의 자극으로도 단전이 활발하게 움직인다면 코어의 기운을 그곳에 담고 지속적으로 에너지를 빨아들일 수 있을 터였다.

한마디로 어느 구멍에 콘센트를 연결해 충전이 되는지 알아보는 과정이라 할 수 있었다.

치지지지직!

'으허억!'

첫 번째 실험은 하단전이었는데, 아무래도 이곳은 그릇이 너무 작고 가벼워서 몬스터 코어를 담기엔 부적절한 모양이다.

그릇에 담기지 못한 에너지는 다시 역행하여 화수의 몸을 지탱하던 코어로 흘러들러 갔다.

치지직!

하지만 에너지는 다시 코어로 수용되지 못하고 공기 중으로 흩어져 버렸다.

이제 코어는 껍데기만 남은 빈 깡통이 된 셈이다.

'실패군.'

한 번 실패하긴 했지만 그 덕분에 너덜너덜해진 혈맥이 서서히 회복세로 돌아섰다.

실패는 성공의 어머니라고 했던가?

하단전을 활성화시키는 데 실패한 덕분에 하단전에서 중단전으로 가는 혈도와 혈맥이 전부 제자리를 찾아가고 있었다.

"좋아, 아주 부정적이지는 않아. 효과가 있다!"

화수는 계속해서 실험을 반복하려 했다.

까악, 까악!

하지만 이제 슬슬 땅거미가 지고 있어 더 이상의 실험은 불가능할 것으로 보였다.

"쩝, 별수 없지."

그가 계족산의 산기슭을 실험 장소로 선택한 이유는 이곳이 그가 사는 곳 인근에서 가장 산의 정기가 강했기 때문이다.

진기를 운용하는 일은 물 맑고 공기 좋은 곳에서 행하는 것이 가장 좋다. 고로 지금 화수에겐 계족산이 안성맞춤인 셈이다.

더군다나 이곳은 입산 통제구역이라 오가는 사람도 없어 물의를 일으킬 리도 없었다.

"그럼 내려가 볼까?"

자리에서 일어나 바닥에 발을 디딘 화수는 자신의 척추가 제대로 움직이는 것을 알 수 있었다.

원래라면 지금쯤 고통에 몸부림쳐야 정상이건만, 오히려 그의 몸은 아주 가벼웠다.

"효과가 있어! 근골에도 효과가 있었어!"

몬스터 코어는 혈맥과 혈도뿐만 아니라 근골에도 큰 영향을 미친 것이 분명했다.

화수는 기분 좋은 걸음으로 산을 내려갔다.

　　　　　　＊　　　　　＊　　　　　＊

　이른 저녁, 화수는 버스를 타고 자양동으로 향했다.

　부아아아앙!

　화수는 너무 피곤한 나머지 버스 창가에 기대어 잠을 청했다.

　"쿠울……."

　잠은 심신을 회복하는 데 가장 좋은 수단이다.

　인간이 신체 능력 중 3할 이상을 사용했다면 당연히 피로를 느끼게 된다.

　이 피로를 제대로 풀어주지 못하면 대사에 이상이 생겨 일상 생활에 지장이 생길 뿐만 아니라 생체리듬에도 문제가 생긴다.

　인간이 휴식을 취하는 동안에도 꽤 많은 에너지가 소모되지만, 그와 동시에 인간이 살아가는 데 필요한 에너지를 생성하는 과정이기도 하다.

　―이번 정류장은 중리네거리, 중리네거리입니다. 다음 정류장은 용전동전화국입니다.

　갈 길이 아직 한참 남았지만 화수의 눈이 자동적으로 떠졌다.

　"킁킁……."

　중리네거리 인근 먹자골목에서 풍겨오는 음식 냄새에 저절로 눈이 떠진 것이다.

　꼬르르륵!

대로변에서 먹자골목까지는 적어도 100미터는 걸어가야 하는데, 화수는 100미터 앞에서 풍기는 냄새를 맡고 잠에서 깨어난 것이다.

'배가 고프군. 저 골목의 쫄데기 김치찌개가 아주 끝내주는데……'

화수의 신체 능력은 자신도 모르는 사이 아주 비약적으로 발전해 나가는 중이었다.

그중에서도 가장 도드라진 것은 바로 오감이었다.

그는 냄새뿐 아니라 사람들이 내는 아주 작은 소리에도 민감하게 반응하고 있었다.

그리고 그가 잠시 휴식을 취하고 일어난 사이, 그의 몸속에서는 뭔가 특별한 일이 벌어졌다.

스윽스윽!

바스락바스락!

'어, 어라?'

주변의 소리가 기이한 모양으로 변형되어 그의 눈에 음표처럼 나타나고 있었다.

소리 하나하나가 아주 세세하고 섬세하게 문자로 표현되어 그의 시각에 투영되고 있는 것이다.

화수는 자신이 미쳤나 싶어서 스스로 따귀를 때렸다.

짜악!

'꾸, 꿈인가?'

스윽스윽.

바스락바스락!

이것은 꿈이 아니었다.

화수는 자신도 모르는 사이 이상한 능력 하나를 각성하게 된 것이다. 그는 생각에 잠겼다.

'내공을 쌓는다고 해서 이런 말도 안 되는 능력이 생길 리가 만무하다. 그렇다면 이것은……?'

이제 그가 생각할 수 있는 경우의 수는 하나밖에 없었다.

몬스터 코어를 흡수하면서 그 안에 들어 있던 몬스터의 특성 중 하나가 화수의 신체로 흡수된 것이 분명했다.

'이 코어의 몬스터, 뭐 하는 놈이었던 거지?'

화수는 핸드폰을 들어 돼지 아빠 지성준에게 문자를 보냈다.

[이봐, 나에게 팔아먹은 1번 코어, 어디서 나온 것인지 알 수 있나?]

늦은 저녁이라 곧바로 답장이 왔다.

[별게 다 궁금하군. 화염 잠자리인 것 같은데?]

화염 잠자리는 주로 사막에서 발견되는 몬스터인데, 몸통이 전부 불로 둘러싸여 있으며 입에서 불꽃을 뿜어내는 특징이 있다.

길이 10미터에 달하는 화염 잠자리는 25등급의 몬스터 중에서 15등급에 속하는 중상급 괴물이다.

화수는 화염 잠자리의 특성을 자세히 곱씹어보았다.

'놈은 불을 사용하는 대신 소리를 듣지 못하는 것 같은데…….'

바로 그때, 화수의 뇌리를 스치는 것이 있었다.

따악!

'그래, 바로 그거였어! 놈은 소리가 들리지 않는 대신 보이는 것이다!'

만약 화수의 예상이 맞는다면 코어를 흡성대법으로 빨아들이게 되면 몬스터가 가지고 있던 고유 능력 중 일부가 전이된다는 소리다.

그는 가슴이 두근거렸다.

두근두근!

몬스터 중에선 스스로 자가 치유를 하거나 내장 기관에서 생약 성분을 생성해 내는 것들이 종종 있었다.

잘하면 암이 나을 수도 있다는 소리였다.

화수는 부푼 가슴을 안고 집으로 돌아갔다.

*　　　　*　　　　*

다음 날, 화수는 이른 아침부터 계족산에 올랐다.

[짹짹짹]

"신기하군. 모든 소리가 글자로 보인다는 것이 이렇게 어지럽고도 편할 줄은 몰랐어."

만약 천하랑 시절의 화수에게 이런 능력이 있었다면 조금 더 빨리 절대 고수의 반열에 올랐을지도 모른다.

소리가 보인다는 것은 적이 어느 방향으로 공격할지 이미 눈치채고 있다는 것이나 마찬가지였다.

더군다나 먼 거리의 소리는 파란색, 가까운 곳에서 나는 소리는 빨간색으로 보이기 때문에 거리까지 정확하게 알아맞힐 수 있었다.

학자들은 화염 잠자리가 사냥감의 위치를 5㎞ 밖에서도 감지할 수 있는 것을 모두 더듬이의 발달 때문이라고 예상했다.

하지만 그 모든 연구와 학설은 이제 종이 쪼가리에 불과한 이론이 되어버렸다.

"화염 잠자리로 초장거리 레이더를 만들겠다고 장담하던 과학자들이 바보처럼 느껴지는군."

만약 화수의 이런 사정을 잘 아는 몬스터 학자가 있다면 기절초풍하고도 남을 소리였다.

화수는 화염 잠자리의 코어를 흡수한 곳에 다시 자리를 잡았다.

쩍쩍.

"으음, 좋아. 여전히 몬스터는 없는 모양이군."

이번에 그는 중단전으로 코어를 흘려보내 자극을 시켜보기로 했다.

어제보다 훨씬 더 수월하게 가부좌를 튼 화수는 지그시 눈을 감고 건곤대나이를 시전했다.

스스스스!

처음 시전했을 때의 위화감 따위는 온데간데없고 건곤대나이의 기본 이론처럼 그의 몸과 영혼이 대자연과 하나를 이루는 느낌이 들었다.

'좋아, 한결 낫군.'

그는 건곤대나이의 심결을 명치 부근까지 단숨에 쳐올렸다.

부웅!

그러자 역시 그의 단전에 실금이 가면서 신체 전역에 거센 진동이 일기 시작했다.

고오오오오오!

'지금이다!'

그는 왼손에 쥐고 있던 코어를 흡수했다.

"흡성대법!"

슈가가가가각!

두 번째 코어가 화수의 중단전으로 흘러들어 가면서 깨져 있던 단전의 벽이 아물고 혈도가 제자리로 돌아왔다.

뚜두두두둑!

'으으윽!'

몸이 나아가는 과정이라 그런지 엄청난 고통이 수반되긴 했지만 어제보단 훨씬 참을 만했다.

그렇게 약 5분쯤 중단전에 머물러 있던 코어의 기운이 다시 역행하여 왼손으로 되돌아갔다.

쨍그랑!

"허억, 허억! 실패군."

땀으로 범벅이 된 화수는 주변을 둘러보았다.

부웅, 부웅!

산에는 이미 까맣게 어둠이 내려 검은 바탕에 파랗고 빨간 글씨만 보이는 상태이다.

"이런, 벌써 시간이 이렇게 되었나?"

화수는 동물적인 감각만을 이용하여 버스 정류장으로 향했다.

파바바바밧!

그런데 그의 발이 아주 자연스럽게 천마신공의 보법인 천마군영보를 밟고 있었다.

"…보법이 가능하다?"

그는 자신의 몸통을 좌우로 비틀어보았다.

슥슥.

"움직인다! 드디어 전부 다 나았다!"

어제는 두 발이 낫더니 오늘은 허리가 씻은 듯이 나아서 움직이는 데 아무런 불편함이 없었다.

화수는 곧장 주변의 풀을 밟고 하늘 높이 뛰어올랐다.

부웅!

쏴아아아아!

천마군영보는 마치 사람이 새처럼 날 수 있도록 공기와 공기를 밟고 뛰어오를 수 있게 만들어준다. 그리고 발끝에 공기의 유착을 만들어 벽과 천장을 타고 돌아다닐 수 있으며, 그림자에 녹아들어 어둠과 하나가 될 수 있는 은신법이 가능했다.

이제 사람들의 눈에 화수가 보이지 않도록 하는 것이 가능해진 것이다.

"진전이 있다!"

창공을 부유하는 새처럼 가볍게 날아오른 화수는 버스 정류장까지 순식간에 달렸다.

파바바바밧!

하늘로의 도약이 이렇게도 짜릿한 줄 이제야 깨달은 화수는 불어오는 바람을 만끽했다.

"좋구나."

찰나의 자유를 만끽한 화수는 다시 버스 정류장에 안착했다.

바람결에 헝클어진 머리를 쓸어내린 후, 막차를 기다리는 화수의 눈동자가 이내 조금씩 흐려졌다.

치지지지직.

"으음?"

신체 능력이 비약적으로 상승한 화수의 몸이 다시 무너지는 것일까?

눈을 비비며 눈동자를 이리저리 굴리던 화수는 자신의 눈앞에 어둠이 내린 것을 느꼈다. 그리고 그 어둠 속에 작은 실선들이 생겨나더니 모든 사물이 점과 선으로 이뤄진 윤곽으로 보이기 시작했다.

스스스스스!

화수의 시각은 사물의 속을 뚫고 들어가 그 속에 있는 내용물은 물론이고 그 너머에 있는 것까지 볼 수 있게 발전하였다.

"…투시 능력?!"

몬스터 코어가 과연 어떤 계기를 통하여 능력을 각성시키는

지 알 수는 없지만 이것은 분명 화수에게 희소식이었다.

그는 얼마 전 지성준에게 받은 코어의 세부 정보를 바라보았다.

[두 번째 코어: 비홀더]

"비홀더라… 그래서 투시 능력처럼 사물이 전부 다 투명하게 보인 것이군."

비홀더는 지름 5미터의 초대형 눈동자를 가지고 있는데, 머리의 절반을 차지하는 무시무시한 입과 자기장 공격을 하는 15급 몬스터이다.

화수는 코어를 흡수하다가 에너지를 모두 다 튕겨냈음에도 불구하고 그 능력의 일부를 각성시킨 것이다.

에너지를 튕겨낸 후의 각성이 두 번 이뤄졌으니, 한 가지 가설을 세울 수 있었다.

"에너지가 단전을 거치기만 해도 능력이 각성되는 모양이군."

화수는 이 코어라는 물건이 참으로 신비한 힘을 가진 것임을 절감했다.

*   *   *

휠체어나 목발 없이 산비탈을 오르는 기쁨을 알게 된 화수는 이른 새벽부터 집을 나섰다.

끼이익.

혹시나 누나와 동생이 깰까 봐 도둑고양이처럼 슬금슬금 신발을 신는 화수다.

하지만 집이 워낙 좁아서 그마저도 쉽지가 않았다.

[부스럭.]

화수는 지수가 깨어나는 소리를 귀가 아닌 눈으로 먼저 보았다.

"깨, 깼어?"

"…뒤통수에도 눈이 달렸어? 내가 일어나는지 어떻게 알았어?"

"그냥 소리가 들렸어."

지수는 자리에서 일어나 지갑부터 뒤졌다.

"버스비 없지? 받아."

"아니야, 괜찮아. 그 정도는 걸어 다닐 수 있어."

"…일반인도 자양동에서 계족산까진 못 걸어 다녀. 너를 무시하는 것이 아니라 걱정돼서 그래. 누나 하루 종일 불안해하는 모습 보기 싫으면 어서 받아."

화수는 쭈뼛쭈뼛 돈을 받았다.

"미안해, 매일 이렇게 받기만 해서."

"네가 가족들에게 해준 것을 생각해 봐. 이 정도는 아무것도 아니지."

그녀는 화수가 10년 넘게 몬스터 사냥을 하다가 암에 걸려 시한부 선고를 받았다는 것을 잘 알고 있었다.

죽을병에 걸려서까지 벌어두었던 돈을 한 푼도 쓰지 않고 가족들을 위해 헌납한 화수의 헌신은 가히 가시고기와 같았다.

"너무 미안해하지 마. 네가 그러면 그럴수록 내 마음이 너무 아파."

"……"

지수는 지갑에서 만 원짜리 지폐를 한 장 더 꺼냈다.

"요즘 내가 지갑이 얇아서 용돈을 많이는 못 주겠다. 이걸로 시장에서 신발이라도 한 켤레 사 신어. 다 떨어져서 신기가 영 불편하겠어."

화수는 무심결에 자신의 신발을 바라보았다.

10년 전에 산 운동화는 이곳저곳 기워 신은 터라 마치 넝마처럼 너덜너덜해져 있었다.

그는 발만 세게 굴려도 신발 밑창에 바람구멍이 나는 이 신발을 웃으면서 신었다.

"헤헤, 이 정도는 괜찮아. 이걸로 누나 티셔츠나 사 입어."

"…받아. 내가 해줄 수 있는 것이 이것밖에 없어서 그래."

어느새 그녀의 눈동자에 이슬이 맺히기 시작했다.

"……"

"누나, 울지 마."

"안 울어."

화수는 그녀의 손을 잡았다.

"언젠가는 내가 이 모든 시련을 끝낼게. 약속해."

"그래, 넌 이겨낼 거야. 언제나 그랬듯이 말이야."

그는 지수의 손을 잡으며 자신이 왜 이런 상황에 놓였는지 깨달았다.

'인간답게 살라는 신의 계시인지도 모르겠다.'

무림 제일 고수, 강호의 맹주만을 바라보고 살아온 그에게 처음으로 살아가야 할 이유가 생긴 것이다.

그는 오늘도 힘차게 집을 나섰다.

*   *   *

늦은 오후, 계족산 중턱에 화수의 모습이 보인다.

스스스스!

건곤대나이의 기운이 혈맥을 타고 백회로 흘러가는 순간, 그의 눈에서 광채가 번쩍였다.

지이이이잉!

상단전에 몬스터 코어가 공력을 보내주었을 때, 신체가 극적으로 반응하여 혈맥 전역으로 신선한 피를 흘려보냈다.

지금 화수의 피는 암세포로 인해 탁기가 진하게 서려 있어 심장을 통해 나온 혈액을 운반한다고 해도 심신을 손상시키기만 할 뿐이다.

하지만 상단전의 코어가 피를 계속해서 여과시키고 신선한 에너지를 전달하여 암세포들이 정상 세포로 돌아오고 있었다.

"서, 성공이다!"

화수는 마지막으로 남은 한 알의 몬스터 코어를 더 흡수하여 상단전으로 인해 열린 중단전과 하단전도 천천히 채워 나갔다.

스르르르룽!

이제 화수는 숨결 하나하나에 건곤대나이의 심결과 몬스터 코어의 신선한 에너지가 녹아들게 되었다.

한마디로 숨을 쉬는 것만으로도 내공이 쌓이고 몸이 서서히 나아간다는 소리다.

"드디어……!"

기쁨에 포효하는 화수, 하지만 기쁨은 이게 끝이 아니었다.

우우우웅!

"으음?"

화수는 숨을 한 번 쉴 때마다 몸에 있는 자잘한 상처가 나아가고 피부가 재생하는 것을 느꼈다.

이것은 건곤대나이와 코어의 효과가 아닌 흡수된 몬스터의 능력 중 하나인 것이 분명했다.

한데 놀라운 것은 몬스터의 치유 능력 중에서도 최상급에 속하는 것이 화수의 몸에 자리를 잡았다는 것이다.

"이럴 수가……."

이제 화수는 칼로 배를 난도질당해도 그 자리에서 새살이 차오를 만큼 뛰어난 치유 능력을 갖게 되었다.

아마 암세포가 죽고 새 세포가 자라나는 데 이 주일이면 충분할 것으로 보였다.

화수는 너무나 기쁜 나머지 그 자리에서 방방 뛰며 소리쳤다.

"아하하하, 나는 이제 정상인이다!"

바로 그때, 땅이 쑥 꺼지며 화수의 몸이 족히 1미터는 파묻혔다.

퍼억!

"어, 어흑!"

지금 화수의 몸에는 일반인의 열 배에 달하는 힘이 담겨 있었으며, 그 신속한 움직임은 100미터를 3초에 주파할 수 있었다.

세 번째 코어에 대해선 자세히 알 수 없다고 말한 지성준은 네 번째 코어는 조금 특이한 것이라고 했다.

화수는 그의 말을 곱씹어보았다.

[사막에 사는 괴물로 무리 생활을 한 것 같은데… 뭐였더라?]

그는 괴물의 정체에 대해서 알 것 같았다.

"거대 개미!"

개미는 자신의 몸무게를 훨씬 상회하는 물건을 마음대로 옮기고 인간으로선 상상조차 할 수 없는 신속한 몸놀림을 가지고 있다.

화수는 어처구니가 없어 웃었다.

"하하, 개미라니. 뭐, 이것도 그리 나쁘지는 않군."

그는 개미처럼 기민한 움직임으로 산비탈을 내려갔다.

사사사사사사삭!

그야말로 눈썹이 휘날리도록 빠른 그의 움직임은 일반인은 제대로 보지도 못할 정도였다.

제3장
전업 수렵꾼

　　늦은 오후, 화수가 충남 대학교 병원에서 진료를 받고 있다.

　　"후우……."

　　청진기를 가슴에 가져다 댄 주치의는 놀라움을 금치 못했다.

　　"…귀신에 홀린 것 같습니다. 퇴원 한 달 만에 병세가 이렇게 좋아졌다니, 도무지 믿기지가 않는군요."

　　"다 신의 뜻 아니겠습니까?"

　　"참, 제가 의사 생활 25년째입니다만, 이런 경우는 처음이네요."

　　이 세상에 신이 생긴 것은 인간이 가진 내면의 공포 때문이라는 학설이 있다. 하지만 화수는 자연적으로 설명이 불가능한 일들을 이해시키기 위해 신이 있다고 생각했다.

"아무튼 이제 병원은 다닐 필요가 없겠지요?"

"아직 바이탈이 약간 불안정합니다. 혈압도 비정상적으로 높고 백혈구 수치도 높아서 당분간은 지켜보는 것이 좋겠습니다."

"뭐, 좋습니다."

"일단 외래 접수를 하시고 한 달 후에 다시 뵙는 것으로 하지요."

"그럽시다."

외래 진료의 금액은 건강보험공단에서 공제를 해주기 때문에 회당 만 원에서 이만 원 사이면 충분히 진료비를 지불할 수 있다.

누나와 동생의 불안을 가라앉히기 위해서라도 외래 진료는 반드시 다녀야 할 것이다.

"그럼 수고하십시오."

"저기, 강화수 씨."

"네."

"이거 받으세요."

주치의는 화수에게 십자가를 하나 내밀었다.

"…하느님은 정말 계십니다. 꼭 믿으세요."

"아, 네."

어지간해선 저런 소리를 하는 사람이 아닌데, 오늘따라 정신이 약간 몽롱해 보이는 것 같았다.

'그래, 기독교 신자라면 저런 반응을 보일 만도 하지.'

그는 실소를 머금고 병원을 나섰다.

그날 저녁, 화수는 폐코어를 팔고 남은 돈으로 소고기와 해물을 왕창 샀다.

첫 번째 코어와 두 번째 코어가 흡수되지 않고 남아서 그 껍데기를 개당 10만 원에 팔아먹을 수 있었던 것이다.

요리에는 전혀 소질이 없는 화수지만 고기를 굽는 일이나 삶는 데엔 일가견이 있었다.

오늘 그는 얼마 전 TV에서 본 쇠고기 전골을 만들 생각이다.

"다들 좋아하겠군."

소고기를 사서 집으로 돌아가는 길, 달동네 어귀에 검은색 승용차 석 대가 나란히 서 있다.

순간 화수는 뭔가 좋지 않은 느낌을 받았다.

"우리 동네에 웬 고급차?"

지금 화수가 생각할 수 있는 것은 떼인 돈을 받으러 온 건달들이 집으로 찾아왔다는 것이다.

그는 공중으로 폴짝 뛰어올라 달동네 지붕에 살포시 내려앉았다.

파밧!

지붕과 지붕을 넘나들며 집까지 달려간 화수는 평소엔 30분 넘게 걸렸을 거리를 단 3분 만에 주파하였다.

쨍그랑!

"…왜, 왜 이러세요?"

"너희 언니라는 년, 어디 갔어? 세상에, 중학교 동창이라고 해서 한두 푼 빌려준 것이 벌써 1억이 넘었어. 어이, 알고는 있어?!"

"네, 네?"

"네년 병원비에 약값에, 이제는 암 환자 된 화수 새끼 병원비로 1억이 넘게 들어갔다고. 덕분에 나는 좆 됐고."

"……."

"이런 씨발, 입이 있으면 좀 씨불여 봐! 사람을 이렇게 우롱해도 되는 거야?!"

화수는 저 멀리서 들리는 깡패들의 윽박질을 바라보며 속이 터지는 것을 느꼈다.

'드디어 곪은 것이 터져 버렸군.'

저 깡패들이 지금 난리를 피우는 것도 전혀 무리는 아니었다.

폭력이 옳은 일은 아니지만 한 푼 두 푼 돈을 빌려다 쓴 것이 벌써 1억을 넘겨 버렸는데 이자 상환도 제대로 되지 않는 상황이다.

분할로 원금이라도 갚으라는 중학교 동문 안정규의 배려가 있었으나, 그것도 어긴 지가 꽤 지났다.

이제 그 역시 상부에서 내려온 지시 때문에 숨을 쉴 수 없는 지경일 것이다.

놈들이 독기를 품었을 것은 불을 보듯 뻔한 일이다.

"…죽으려면 너희들끼리 죽던지, 왜 사람을 이렇게 괴롭혀?"

그가 연수의 멱살을 쥐었다.

꽈득!

"…왜, 왜 이러세요?"

"너희 언니 지금 어디 있어? 사람 엿 먹여놓고 밥이 술술 잘 넘어간다디?"

건달들도 먹고살아야겠지만, 사람을 이렇게 마구 핍박하고 협박하는 것은 결코 있어서는 안 되는 일이다.

화수는 대문에 기공장을 쳤다.

쾅!

"크헉!"

"이런 씨발……?!"

그는 바닥에 널브러진 세 명의 건달을 발로 밟은 채 말했다.

"…지금 뭐 하는 겁니까?"

"아이고, 이게 누구야? 우리 동네의 자랑 강 상사 아니야? 반가워, 정말."

그는 연수의 멱살을 놓고 화수에게 다가왔다.

안정규가 화수에게 차용증과 원금에 대한 입출금 내역을 내밀었다.

"보이냐? 자, 눈이 있으면 좀 봐라. 내가 왜 이 지랄을 하고 있는지."

"…압니다. 돈 때문에 이러는 거. 하지만 아픈 아이 멱살을 쥐고 얘기할 것은 아니잖아요?"

안정규가 화수의 따귀를 올려붙였다.

짜악!

기공장을 맞은 사내들이 기절한 것을 눈앞에서 본 것치고는 아주 호기롭다 할 수 있었다.

생각 같아선 이놈도 기절시켜 버리고 싶은 화수였지만, 가까스로 화를 눌러 참았다.

그는 화수가 맞아도 별 반응이 없자 더욱 신이 나서 쏘아붙였다.

"이런 개자식, 네가 지금 나에게 잘잘못을 따질 때냐? 꼬우면 돈을 갚아! 그나마 중학교 동문이라서 심장, 신장 안 떼고 참고 있는 거야. 그것도 아니었으면 지금 네 누나와 동생 모두 사창가에서 몸이나 팔고 있을 거다. 알고는 있냐?!"

"……."

그는 화수에게 최후통첩을 해왔다.

"삼 일이다. 삼 일 안에 돈 마련해 와."

"…삼 일 안에 그 큰돈을 어떻게 마련합니까?"

"그거야 내 알 바 아니지. 빌릴 때는 입안의 혀처럼 굴더니 이제 와서 나 몰라라 잡아떼면 그만이냐?"

"여지를 좀 주시죠. 당장 그 돈을 어떻게……."

퍼억!

"크윽!"

"내 알 바 아니라고 몇 번 말해? 지금 당장 네 동생 데려다가 처녀 딱지 떼어줘야 정신 차릴래?"

"큭큭, 이자 대신 그것도 괜찮겠는데요? 형님, 그냥 저년 데리고 돌아가시죠?"

"으음, 그럼 그럴까?"

"……"

꿈틀!

화수 안에 잠들어 있던 심마가 꿈틀거리는 듯하다.

하지만 여기서 한 번 더 난리를 피웠다간 저들이 무슨 행동을 할지 알 수가 없다.

만약 지금 당장 강제집행장이라도 들고 나타난다면 화수에겐 큰 낭패가 아닐 수 없었다.

그는 이를 악물고 화를 억눌러 참았다.

"며칠만 더 말미를 주세요. 꼭 갚겠습니다."

"삼 일 준다고 했다."

"그렇다면 삼 일 안에 일부 먼저 상환하겠습니다."

"얼마나?"

"오천이라도……"

"이자는 계산 안 하냐? 법정 최고 금액으로 따져보면 적어도 칠천은 가지고 와야 타산이 나온다."

"……"

"그게 싫다면 네 누나와 동생을……"

"좋습니다. 삼 일 안에 칠천 상환하면 되는 것이지요?"

"오호, 그럼 삼 일 후엔 네 집이고 뭐고 다 털어가도 된다는 것이지?"

"물론입니다."

"좋아, 내가 병신이라서 너를 한 번만 더 믿어본다. 다시는 실망시키지 않는 것이 좋아. 그러면 이렇게 집으로 찾아올 일도 없을 것이다."

그는 음흉한 눈빛으로 연수를 바라보았다.

"…잘 영글었네."

"……"

"조심해. 진짜 큰일 나는 수가 있어."

그렇게 겨우겨우 위기를 넘긴 화수는 건달들을 다시 되돌려보낼 수 있었다.

그는 깊은 한숨을 내쉬었다.

"휴우, 와병 생활 3년에 아주 집안이 풍비박산 났구나."

"흑흑, 오빠, 우리 이제 어떡해?"

"…걱정하지 마라. 내가 다 알아서 할 테니."

건달들이야 때려눕히면 그만이지만 저들이 강제집행이라도 선택하게 되는 날엔 정말로 답이 없다.

이자는 고사하고 원금이라도 받겠다며 독촉하면 화수네 집안은 파산하고 말 것이다.

화수는 이를 악물었다.

'좋아, 이렇게 된 김에 전업을 하는 수밖에.'

화수는 연수를 데리고 집 안으로 들어갔다.

*　　　*　　　*

다음 날, 화수는 동네 친구 현우를 찾아갔다.

자양동에서 고물상을 운영하며 20대를 보낸 현우는 현재 작은 철거 회사를 설립해 직접 사업체를 굴리고 있었다.

한 달에 서른 개가 넘는 철거 현장을 돌아다니는 현우는 꽤 많은 돈을 벌었다.

하지만 요즘은 철거 현장에 몬스터들이 빈번하게 출몰하는 바람에 인건비를 감당하기도 힘든 지경이었다.

현우는 화수가 자신의 뒤를 봐줄 때가 좋았다고 회상했다.

"몬스터 수렵도 대기자가 많아서 철거 현장을 굴리기가 힘들어. 이럴 때 네가 있다면 얼마나 좋을까 하는 생각이 많이 든다."

"미안하다. 도움을 못 줘서."

"네가 뭐가 미안하냐? 네 덕분에 내가 돈 잘 벌었지, 뭐."

몬스터는 주로 산이나 터널, 건물의 지하, 폐가 등과 같이 햇볕이 잘 들지 않고 음습한 곳에 자생한다.

하지만 최근 들어 몬스터들이 예상치도 못한 지역에 모습을 드러내는 경우가 생겨나고 있었다.

수렵 전문가들은 이런 현상을 두고 '긴급 상황'이라고 표현했다.

자생 조건에 최적화된 공간에서 작업하는 철거 회사는 몬스터들의 피해를 많이 입을 수밖에 없었다.

친구 현우에게 화수는 매번 출동 순서를 변경시키면서까지 도움을 주곤 했다.

그러나 화수가 퇴역하고 난 후엔 그런 편의를 봐줄 사람이 없었다.

요즘엔 몬스터 때문에 작업을 못 하는 상황이 너무 많아져서 사업 철수를 고려하고 있는 현우였다.

"현장을 하나둘 포기하다 보니 일하기가 쉽지 않네."

"흠……."

술잔 대신 캔커피를 사이에 두고 얘기하던 현우가 화수에게 방문 목적을 물었다.

"아 참, 그나저나 이곳까진 어쩐 일이야? 부탁할 일이 있다면서."

"트럭 한 대 빌릴 수 있을까?"

"트럭을?"

"쓸데가 있어서 그래."

그는 대수롭지 않게 고개를 끄덕였다.

"그래, 그거야 어렵지 않지."

"고맙다."

"보험이 다인 적용되는 차가 한 대 있어. 상태는 별로 좋지 않지만 그냥저냥 쓸 만은 할 거야."

"역시 너밖에 없구나."

"별소리를 다 하네."

화수는 그에게 새로 만든 전화번호를 건넸다.

"자, 내 번호."

"핸드폰 생겼어?"

"만약 작업 현장에 다시 몬스터가 등장하면 말해. 내가 도와줄게."

"네가 직접? 그래도 괜찮아? 몸이……."

"슬슬 나아가고 있어. 그리고 나도 이제 슬슬 일할 때가 되었다고 생각하는 중이다."

"으음, 하지만 위험할 텐데?"

"위험은 하지. 그래도 이 방면이 돈이 되잖냐."

"그건 그렇지만……."

"아무튼 전화 줘. 내가 해결해 줄게."

"네가 나서준다면 나야 고맙지만……."

"보수는 신경 쓰지 마. 비공개로 사냥할 수 있게 해주는 조건으로 일해 줄게. 물론 사냥한 몬스터는 내가 가지고 가고."

현우의 입장으로 본다면 나쁘지 않은 조건이다.

하지만 친구의 몸이 걱정되어 선뜻 수락하기가 꺼려지는 모양이다.

"…정말 괜찮아?"

"다음에 병원 갈 일이 생기면 내 진단서를 가져다줄게."

"병이 나았다더니 정말인 모양이구나. 이것 참, 뭐라고 해야 할지 모르겠다."

얼떨떨한 표정의 현우에게 화수가 말했다.

"사람은 365일 전성기일 수는 없지만 그에 가깝게 사는 것이 좋아. 나는 앞으로 그렇게 살 거다."

"으음, 그래. 네가 그렇다면 내가 너에게 일을 부탁하지 않을 이유가 없지."

"고맙다. 언제든 불러줘."

"네가 왜 고마워. 사설 헌터를 직접 부르면 돈이 얼만데."

이런 것을 두고 상부상조라고 하는 것일까?

화수는 가장 친한 친구에게 영업 아닌 영업에 성공했다.

*　　　*　　　*

계족산 중턱, 화수가 트럭의 시동을 껐다.

드르륵.

이제부터 그는 입산 통제구역으로 지정된 계족산 정상을 향해 걸어갈 것이다.

"이곳은 변하지가 않는구나."

화수는 현우에게 트럭을 빌려서 몬스터를 사냥하는 데 사용할 생각이다.

현우가 일하는 현장에 몬스터가 알아서 출몰해 준다면 좋겠지만, 그놈들을 마냥 기다리고 있을 수는 없었다.

화수는 예전에 입던 수렵용 슈트를 입고 있었다.

"좀 헐렁헐렁하군. 그새 근육이 많이 빠졌나."

몬스터의 시신에서 나오는 유해 물질을 100% 차단해 주고 방호 효과까지 있는 수렵용 슈트는 사냥의 필수품 중 하나였다.

물론 지금은 팔아먹고 없는 총기가 첫 번째 필수품이지만 화수에겐 이미 자신의 내력이 무기였다.

그는 사냥에 필요한 특수 전투화와 장갑, 배낭을 챙겼다.

"장비는 이상이 없는 것 같고……."

화수는 준비의 마지막으로 몬스터 추적용 GPS를 꺼내들었다.

삐빅, 삐빅.

위험 지역 울타리에 설치된 GPS 수신기는 몬스터의 출몰이 있을 때마다 그 기록을 위성으로 송출하게 된다.

위성은 그 정보를 다시 중앙 수집 장치로 보내어 개인 GPS로 하루에 한 번씩 보낸다.

이런 상호 연쇄 작용으로 몬스터의 위치를 파악하게 되면 출현 빈도가 높은 곳에서 사냥을 시작할 수 있게 된다.

손목시계 형식으로 된 추적용 GPS가 계족산성 끝자락에 있는 봉황정이 레드존이라는 것을 표시했다.

"봉황정이라… 어쩐 일로 꼭대기에 몬스터가 몰려 있지?"

어지간해선 양지로 잘 나오지 않는 몬스터들이 꼭대기에 몰려 있다는 것은 뭔가 특별한 일이 있다는 것을 암시한다.

화수는 재빨리 봉황정까지 보법을 밟았다.

파바바밧!

입산 통제구역의 가파른 구등산로와 사다리를 타고 봉황정까지 오른 화수는 최정상인 헬기장에서 몬스터들의 군집을 바라보았다.

—크르르르릉!

계족산에 사는 몬스터들은 거대 지네와 중형 갓파들이 주류를 이룬다.

갓파는 원래 일본에서만 나타나던 종인데, 일본으로 파견되었던 한국군 지원부대가 돌아오면서부터 한국에서도 종종 모습을 나타냈다.

주로 독을 사용하고 개구리처럼 높게 점프하기 때문에 사냥하는 데 어려움이 많은 까다로운 종이다.

"갓파가 저렇게 많다니, 도대체 저기서 뭘 하고 있는 거지?"

—크굴, 크굴.

거북이 등껍질에 개구리의 뒷다리를 가진 갓파는 정수리에 찰랑거리는 물을 늘 유지해야 하는 게 특징이다.

정수리에는 타원형의 코어가 돌출되어 있어 이곳을 항상 촉촉하게 유지하는 것이 저놈들의 생존 방식이기 때문이다.

갓파는 머리끝에 있는 코어가 약점인 동시에 강점이기도 한 괴물이다.

다른 곳에 공격을 가하게 되면 스스로 재생을 하고 아무리 과도한 출혈이 일어나도 머리만 살아 있으면 다시 살아나는 것이 갓파의 강점이었다.

몸이 잘려 나가면 나갈수록 독기가 점점 세지는 것도 강점이지만, 뭐니 뭐니 해도 저 접시 모양 코어가 갓파를 사냥하기 까다로운 몬스터로 만드는 데 결정적인 역할을 했다.

보통은 총으로 몬스터를 사냥하는 것을 감안하면 머리끝에 있는 지름 7cm의 약점은 가히 재앙이라고 말할 수준이다.

아무리 사격술이 좋은 사수라고 해도 갓파를 만나게 되면 하루 종일 애를 먹게 된다.

"…저렇게 많은 갓파를 총으로 잡았다간 없던 암도 생기겠군."

가만히 갓파와 거대 지네 무리를 지켜보고 있던 화수는 아주 흥미로운 장면을 목격하게 되었다.

"키헥, 키헥, 먹이다."

―크굴, 크굴!

크기 5미터의 초록색 거인이 핏물이 뚝뚝 떨어지는 정체불명의 시신들을 땅바닥에 내려놓자 갓파와 거대 지네들이 기다렸다는 듯이 몰려들었다.

'몬스터를 사육하는 놈이 있던 것이로군. 운이 좋은데?'

저 초록색 거인은 통칭 오우거, 혹은 오거 고블린이라 불리는 괴물이다.

보통은 1세 미만의 지능을 가진 것으로 알려진 오우거는 자신의 몸 50배에 달하는 물건까지 들어 올릴 수 있는 어마어마한 힘을 가지고 있었다.

오우거의 피는 기계의 피스톤 용액으로 사용할 경우, 영구적으로 사용할 수 있기 때문에 그 값이 꽤 높은 편이다.

하지만 죽는 순간 피가 기화되기 때문에 혈액 1리터를 채취하고자 한다면 50마리가 넘는 오우거를 사냥해야 한다.

그러나 오늘의 목표는 오우거가 아니라 놈이 키우는 몬스터들이었다.

아주 가끔 상위 개념의 몬스터들이 하위 개념의 몬스터들을 통제하거나 다스리는 경우가 있다.

정확하게는 놈들이 어떻게 그런 갑을 관계를 맺는지 밝혀진 바는 없지만, 아무래도 넓은 사냥터를 공유하다 보니 생겨난 영역 다툼의 결과로 보였다.

놈들이 어떻게 무리를 짓고 있는지 화수에겐 중요하지 않았다.

'하나, 둘… 서른 마리? 저 정도면 오늘 한탕 제대로 할 수 있겠는데?'

중형 갓파는 16등급에 해당하는 몬스터이고·대형 지네는 20등급의 몬스터이니 잘하면 1등급 코어 몇 개는 건질 수 있을 것으로 보였다.

그는 기다릴 것도 없이 곧바로 몬스터들을 향해 쇄도했다.

쉬이이이익!

"칠선장!"

일곱 개의 장이 몬스터를 조련시키고 있는 오우거의 머리를 정통으로 맞췄다.

빠악!

"크웨에에엑!"

녹색 피를 뱉으며 쓰러진 오우거의 주변으로 갓파와 거대 지네들이 흥분해서 달려들기 시작했다.

―끼릭, 끼릭!

―크굴, 크굴!

순간, 주변에 엄청난 독이 창궐하여 초목이 노랗게 시들기 시작했다.

스스스스!

"양이 많아서 그런지 상대하기가 만만치 않군."

평소 같았다면 주변 신경 쓰지 않고 네이팜탄이라도 터뜨렸 겠지만 지금은 그랬다간 곧바로 지명수배가 내려질 것이다.

그는 풀을 밟고 공중으로 튀어 오른 후 거꾸로 뒤집어져 내 려오며 장을 쳤다.

"무극장!"

천마신공 무극장의 일수가 쏘아져 나가자, 대략 열 마리의 갓파가 검붉은 장력에 맞아 한곳으로 모여들었다.

콰쾅!

"끼헥?!"

"비풍섭!"

퍽퍽퍽!

동시에 네 번의 타격을 밀어 넣는 비풍섭의 장력은 갓파의 내 장을 파열시키고 뇌를 흔들어 잠시 정신을 혼미하게 만들었다.

"크구우우우울."

대략 5분간 정신을 차리지 못하게 된 갓파들을 내버려 두고 자신의 발을 휘감는 지네들을 정리하는 화수다.

그는 일 초에 150번 몸을 회전시켜 장력을 더하는 회선장을 아래로 내려쳤다.

부우우우우우웅! 쾅쾅쾅!

빠지지지직!

대형 지네들이 갈가리 찢겨 나가면서 사방으로 그 시신들이 흩뿌려졌다.

갓파들의 독기를 더욱 강력하게 해주던 거대 지네들이 사라지고 나니 주변 환경이 한결 맑아졌다.

"…까딱 잘못했으면 폐가 녹아버릴 뻔했네."

아무리 등급이 낮은 몬스터라고 해도 잠시 한눈팔았다간 온몸이 가루가 되는 것이 몬스터 수렵이다.

대략 다섯 마리쯤 남았지만 정신을 놓으면 그대로 황천길로 떨어질 것이다.

화수는 끝까지 전력투구했다.

"쇄혼철격장!"

팟팟팟팟팟팟!

현란한 화수의 장에 다섯 마리의 갓파가 내장이 파열되고 뼈가 부러졌다.

아직까지 기의 운용이 완벽하지는 않았지만 15등급까진 아주 손쉽게 무찌를 수 있는 화수였다.

빠각!

"꾸웨에엑!"

"이제 마지막 한 놈만 남은 건가?"

화수는 험상궂게 일그러진 오우거의 표정을 바라보았다.

"크르르릉, 죽인다!"

"으음? 사람 말을 할 줄 안단 말이야? 그것참 의외로군."

오우거의 지능은 대략 1세 영아와 비슷하기 때문에 인간의 말을 구사한다는 것은 어불성설이다.

10년을 넘게 몬스터를 사냥해 온 화수로선 기가 막힐 노릇이었다.

"알 수 없는 게 세상이라더니 정말인 모양이군."

화수는 슬슬 이번 사냥의 끝을 맺기로 했다.

"크르르르릉, 죽어라!"

부웅!

오우거의 거대한 도끼가 화수의 머리를 향하자 건곤대나이가 그의 손을 타고 뻗어나갔다.

스스스스스, 파밧!

붉은색 진기가 빛을 발하자, 오우거가 휘두른 공격이 그대로 반사되어 되돌아갔다.

퍼억!

"끄웨에에엑!"

"어설프게 덤비면 그렇게 되는 것이다."

건곤대나이는 인간의 신체가 자연과 동화되어 공력을 극대화시키고 호흡 하나하나가 들어올 때마다 진기를 흡수시키는 심법이다. 그와 동시에 적의 공격을 그대로 되받아치거나 공력을 실어 몇 배로 돌려줄 수도 있는 공격이다.

한마디로 적의 힘을 역으로 이용하여 공격을 펼칠 수 있는 궁극의 심결인 것이다.

천마신공의 심법인 천마심결과 수라혈영심법, 범천심공을 극성으로 익히게 되면 건곤대나이를 익힐 수 있는데, 이는 가장 위대한 대자연이며 궁극적인 공격은 역의 힘에 있다는 것에 뿌리를 두고 있는 것을 의미한다.

힘의 위치를 바꾸거나 가속화시키는 것이 아닌 대자연의 힘을 그대로 사용하는 건곤대나이야말로 최고의 심법이라고 할 수 있었다.

화수는 목에 도끼 자국이 선명하게 남은 오우거의 상처를 바늘로 꿰맸다.

슥슥.

그는 귀하디 귀한 오우거의 피를 어떻게 하면 한 방울도 남김없이 채취할 수 있는지 잘 알고 있다.

이 시신 하나에서 뽑은 피가 족히 1~2천만 원의 가치를 지닌다.

그 밖에 오우거의 힘줄이나 눈알, 뼈, 가죽 등도 상당히 고가에 거래되었다.

"오랜만에 정육점이나 들러야겠군."

그는 주변에 널려 있는 시신들에서 쓸 만한 것들만 추려서 산을 내려갔다.

*　　　　*　　　　*

충남 논산의 외곽.

피비린내가 나는 도축장에 화수의 트럭이 들어서고 있다.

부르르릉!

그는 도축장 실내 차고에 차를 대고 그 위에 실려 있는 오우거의 시신을 땅바닥에 내려놓았다.

철퍼덕!

"으음, 이 정도면 상급인데?"

"오우거가 상급이래 봐야 거기서 거기지, 뭐."

"아니야. 요즘 오우거 힘줄과 혈액 가격이 올라서 상태가 좋은 시신은 한 구에 3천만 원도 나간다고."

"그렇군."

불법 도축업자 김상진은 논산 외곽에서 몬스터의 시신을 해체하고 돈을 받았다.

"얼마나 걸려?"

"한 네 시간?"

"가격은?"

"백만 원만 줘."

"너무 비싼 거 아니야?"

"이 사람이 뭘 모르네. 요즘 물가가 얼만데 백만 원이 비싸다고 그래?"

화수는 그에게 90만 원을 건넸다.

"자, 받아. 안 해주면 서울로 갈 거야."

"…하여간 짠돌이 기질은 여전하다니까."

정부에서 내려온 몬스터 도축 명령이 있을 때마다 이곳을 찾던 화수는 공금을 조금이라도 아끼기 위해 항상 이렇게 흥정을 하곤 했다.

공금이 남으면 부대원들과 회식이라도 한 번 할 수 있기에 짠돌이를 자처한 것이다.

그는 이곳에서 부대원들과의 추억을 떠올렸다.

'모두 잘 지내려나?'

몇몇은 군에서 제대하여 수렵이 합법화된 나라로 귀화하였고, 나머지는 여전히 군에 남아 있거나 국립 경호 단체에서 일하고 있다.

가끔 계모임을 한다는 소리를 듣기는 했지만 지금 이런 꼴로 얼굴을 내밀 수는 없었다.

언젠가 때가 된다면 그들을 찾아서 술이나 한잔 기울이고 싶은 화수이다.

상념에 잠겨 있는 화수에게 김상진이 도축을 시작한다는 신호를 보냈다.

따르르르르릉!

"구경할 것이라면 들어와."

"어차피 안 들어가면 밖에서 노닥거리기밖에 더하겠어?"

"큭큭, 그건 그렇지."

피와 살이 튀는 과정이지만 몬스터의 시신은 각 부위마다 따로 등급이 매겨지기 때문에 그 과정을 지켜보는 것도 하나의 재미다.

지이이이이잉!

전동 드릴에 진공관을 연결시킨 김상진은 가장 먼저 오우거의 피를 뽑아냈다.

츕츕츕!

"으음, 피가 싱싱해. 이 정도면 돈이 제법 나오겠는데?"

"그래야지. 요즘 주머니 사정이 워낙 안 좋아서 말이야."

"천하의 강 상사께서 웬 돈타령?"

"사정이 좀 있어."

"하긴 요즘 같은 불경기에 지갑 뚱뚱한 사람이 얼마나 되겠어?"

오우거의 시신에서 나온 피는 대략 10리터, 이 정도면 2천만 원도 더 받을 수 있을 것이다.

김상진은 독자적인 기술로 진공관이 달린 드릴을 개발했는데, 이는 정부에서도 아직 고안하지 못한 방법이다.

기존의 채혈 기술로 오우거의 피를 뽑았다간 500ml는 나올지 의문이다.

"역시 김 사장의 손 기술은 알아줘야 해."

"흐흐, 그렇지, 뭐. 10리터나 나왔는데 나에게 뽀찌 좀 떨어지나?"

"1리터 줄게."

"오오! 땡잡았다!"

시가로 이백만 원에 달하는 양이지만 앞으로 오우거 한 마리에서 나올 돈이 수천만 원인데, 이 정도 품앗이는 당연한 일이었다.

　김상진은 화수의 참관 하에 천천히 몬스터의 시신을 해체해 나가기 시작했다.

제4장
계룡산 코카트리스

서울 영등포의 돼지 엄마 여관에 화수의 차가 세워져 있다.

쿠웅!

"자, 오우거 힘줄과 뼈, 가죽이다."

"…이 많은 것을 도대체 어디서 구했어?"

"안 하면 모를까, 내가 하고자 마음먹으면 이 정도는 껌이지."

지성준은 힘줄과 가죽 등의 무게를 정확하게 계량해서 가격을 책정했다.

"힘줄이 10kg, 뼈가 300kg, 가죽이 50kg이군."

"요즘 시세가 어떻게 되나?"

"힘줄이 1kg당 십만 원, 뼈는 삼천 원, 가죽은 사만 원에 책정돼 있어. 물론 이것은 공시 시가를 얘기하는 거고."

순간, 화수의 표정이 딱딱하게 굳었다.

"…얼마라고?"

"힘줄이 kg당……."

"누가 그걸 몰라서 묻나? 어째서 시세가 열 배나 떨어졌느냔 말이야!"

블랙마켓에 물건을 팔 때엔 공시 시가에서 대략 30% 가량을 제하고 판매하면 적당하다.

물론 역으로 블랙마켓에서 물건을 구매할 때엔 공시 시가에 40%를 더하는 것이 관례이다.

구하기 힘든 물건은 두 배에서 열 배까지 뛰는 경우도 있으니, 소매 장사가 진짜 남는 것이라고 할 수 있었다.

그럼에도 불구하고 그는 화수에게 가격을 열 배나 더 후려쳤다.

그는 감정이 담기지 않은 표정으로 말했다.

"싫으면 다른 곳으로 가던지."

"……"

"안 팔 것이라면 그만 나가줘. 이제 곧 단속 뜰 시간이야. 네가 그렇게 지독하게 벌이던 단속 말이야."

인과응보라고 했던가?

아니, 인과응보라고 말하기엔 너무나 가혹한 현실이다.

"…내가 3년 전에 마음먹고 네놈들을 족쳤다면 이만큼 먹고 살기도 힘들었을 것이다. 그런데 나를 이렇게 업신여겨?"

"그러게 누가 나를 살려두래? 웃기는 놈이군."

아무리 옛정이 두터워도 돈 앞에선 사람 잡는 것이 세상사이다.

그는 화수를 밀어냈다.

픽!

"나가, 물 흐리지 말고."

"……"

"안 꺼져? 경찰 부르기 전에 그만 꺼지라고!"

화수는 이를 악물었다.

"…㎏당 5만 원씩만 더 쳐줘."

"뭐라고?"

"5만 원씩만 더 쳐달라고."

"싫다면?"

그는 테이블 위에 오우거의 피가 담긴 통을 올려놓았다.

쿠웅!

"오우거의 피 9리터다. 이것도 함께 팔도록 하지. 어때?"

"오우거의 피라……."

오우거의 피는 몬스터를 아무리 많이 때려잡아도 좀처럼 구하기 힘든 희귀 재료이다.

그는 이내 미소를 지었다.

"하하, 역시 안 죽었군. 이래야 강 상사지."

"……"

"오우거의 피는 리터당 50만 원 쳐줄게. 이 정도면 많이 쳐주는 거야."

"…현금으로 지급해 줘."

"물론이지."

이윽고 지성준은 화수에게 850만 원을 현금으로 건넸다.

"10만 원 더 쳐줄게. 이 정도면 네게도 나쁜 조건은 아니지?"

"……."

"그럼 잘 가라고."

화수는 다시 한 번 이 세상이 호락호락하지 않다는 것을 느꼈다.

'다른 방법을 찾지 않으면 이대로 굶어 죽을 수도 있겠군.'

하루치 장사로 이 정도면 나쁜 편은 아니었지만 이렇게 벌어선 시일을 맞추기가 빠듯했다.

이제 그에게 남은 선택지는 별로 없었다.

'구관이 명관이지.'

화수는 차를 타고 충남 공주로 향했다.

　　　　　*　　　　*　　　　*

다음 날, 화수는 사냥터를 옮겨 충남 공주로 향했다.

끼룩끼룩!

바닷가도 아닌데 충남 공주로 가는 길목엔 갈매기 소리가 가득했다.

지금 화수의 자동차 위로 날아다니고 있는 이 갈매기는 바다 괴물들에게 서식지를 빼앗겨 강변으로 피신 온 아종이었다.

강변에 적응하긴 했지만 그마저도 언제 몬스터들에게 생태계를 파괴당할지 모르는 상황이었다.

이른 봄, 대전에서 공주로 가는 길목에는 벚꽃이 흐드러지게 피어 있었다.

화수는 박정자 삼거리에서 잠시 쉬었다 가기로 했다.

"후우, 이놈의 몬스터들 때문에 이게 뭔 고생인지 모르겠네."

박정자는 이 마을에 살던 박 씨들이 심은 나무 중에 장사치나 행객들이 쉬어갈 수 있는 느티나무가 있어 붙여진 이름이다.

마을의 지명이 박정자이기도 했고 실제로 박정자 삼거리 한복판에는 거대한 느티나무가 있어 여름 볕을 피해 쉴 수 있었다.

물론 몬스터가 창궐하기 전에는 이 근방에 고가도로와 고속도로 입구 등이 있어 사람이 지나다닐 만한 곳은 아니었다.

서쪽으로는 계룡산 지류가 있고 북쪽으론 공주로 가는 길목이 있으니 도로로 개발된 것도 어쩌면 당연한 일이었다.

하지만 지금은 도로 자체가 몬스터들에게 점령되어 출입 금지 푯말이 붙어 있었다.

정부에선 이곳을 청소하겠다며 3년 전부터 예산을 투입한다고 발표했지만 제대로 시행된 것이 없었다.

덕분에 대전에서 박정자 삼거리를 통과하여 공주로 들어가는 것이 불가능해졌고, 한참이나 에둘러 가야만 하는 상황이

되었다.

무려 한 시간 넘게 걸리는 거리에 자동차를 세우고 이곳까지 걸어온 화수는 오는 길목에서만 열 마리가 넘는 몬스터를 만났다.

덕분에 코어 몇 개를 건지긴 했지만 등급이 낮아서 비상용으로 상비해 두기로 했다.

수익이 없는 사냥 몇 번에 힘을 빼버린 화수는 박정자에서 잠시 쉬면서 생각을 정리했다.

"계룡산이라… 만만치 않은 곳임에는 틀림이 없지만……."

대전, 공주 지역에서 가장 많은 수의 몬스터가 강력한 세력권을 형성하고 있는 계룡산을 공략하는 일은 수렵 전문 부대 1개 중대가 투입된다고 해도 결코 만만치 않은 일이었다.

지금은 화수를 도와줄 수 있는 사람이 없으니 혼자서 이곳까지 왔지만, 계룡산에서도 고급 코어나 재료를 얻을 수 있는 지역까지 가자면 갈 길이 구만리는 될 것이다.

하지만 지금 여기서 포기하면 가족들이 거리에 나앉을 수도 있었다.

"부디 수확이 좋기를 바라는 수밖에."

그는 다시 부지런히 걸음을 옮겼다.

*   *   *

박정자 삼거리를 지나 동학사의 벚꽃 거리에 도달한 화수는 폐허가 되어버린 마을을 바라보았다.

"을씨년스럽군."

불과 10년 전만 해도 이곳은 매년 봄마다 벚꽃을 보기 위해 몰려든 사람들로 인산인해를 이루었으며, 여름에는 계곡 물놀이를 즐기기 위한 사람들로 북적거렸다.

산이 가을의 정취로 물들면 단풍놀이를 즐기는 관광객들이 몰려들었고, 겨울에는 겨울 산행을 위한 등산객들이 이곳을 찾았다.

하지만 지금은 마을 자체가 거의 폐허로 변해 버려 정부에서조차 이곳을 손대지 못하고 있을 정도였다.

화수는 동학사 입구에 있는 모텔을 찾았다.

끼이익.

자동문에 전력이 공급되지 않아 다소 힘겹게 문을 열었지만 덕분에 그 안의 시설물은 안전하게 보관되어 있었다.

화수는 이곳의 지하로 향했다.

딸깍!

일회용 손전등이 다발로 달린 지하실의 문을 연 화수는 그 안에 비축되어 있는 비상식량을 꺼냈다.

"내가 은퇴한 이후로 아무도 이곳을 찾지 않은 모양이군."

원래 이곳은 특전사 소속 수렵꾼들이 잠시 쉬어가는 곳으로 사용했는데, 각종 의약품과 비상 물자들이 구비되어 있었다.

모텔이라는 특성상 잠자리도 꽤나 쓸 만하긴 했지만 워낙 분위기가 어두워서 제대로 잠을 잘 수는 없었다.

화수는 창고에 구비되어 있는 전투식량과 이온 음료를 꺼내 배낭에 담았다.

이온 음료에는 사람이 몸을 회복하는 데 필요한 스톡이 들어 있고, 전투식량의 총칼로리는 한 끼에 1,600㎉로 높은 편인데, 이는 몬스터 사냥에 소비되는 칼로리가 가히 살인적이기 때문이다.

시중에선 돈을 주고도 못 사는 것들이니 두둑하게 챙겨서 길을 떠나는 것은 당연한 일이다.

"땡잡았군. 자주 이용해 줘야겠어."

드르륵!

다시 문을 열고 밖으로 나온 화수는 모텔 앞에 세워져 있던 자전거를 타고 계룡산 입구로 향했다.

초상비를 쓴다면 순식간에 계룡산까지 가겠지만 지금은 그 자잘한 내공조차 아껴야 할 상황이었다.

끼릭, 끼릭.

화수는 기름칠이 덜 된 자전거의 페달을 밟으며 천천히 산비탈 입구로 향했다.

대략 한 시간 후, 화수는 동학사 계곡 중류에 이르렀다.

솨아아아아!

사람의 발길이 오래도록 닿지 않은 계곡 주변에는 생전 처음 보는 야생화들이 잔뜩 자생하고 있었다.

몬스터들은 대부분 육식을 하기 때문에 계곡이나 식물에겐 관심이 없어 오히려 자연경관은 예전보다 훨씬 더 수려해져 있었다.

화수의 1차 목표는 동학사 내부와 지하에 있는 몬스터 무리였다.

이곳에서 잠시 목을 축인 화수는 곧바로 천마군영보를 밟아 그림자 속으로 녹아들었다.

스스스스!

그는 높이 5미터짜리 나무 꼭대기로 올라가 동학사의 전경을 살폈다.

—쿵쿵!

기다란 코를 땅에 처박고 쿵쿵거리고 있는 거대한 돼지 인간과 그 주변을 돌아다니고 있는 초대형 눈알들이 보인다.

"이곳을 오크들이 점령했나? 이것 참……."

오크는 인간과 비슷한 구조를 가진 유인 몬스터로 신체 능력은 대략 인간의 열 배에 달한다.

대부분의 오크들은 군락을 이루고 있기 때문에 한 번 나타나기 시작하면 최대 500마리까지 한꺼번에 나타나곤 했다.

이놈들의 가장 큰 특징은 항상 주변에 성인 남성의 몸통만 한 이글아이가 상주하고 있다는 점이다.

오크들의 전투력은 대략 20급에 달하지만 워낙 숫자가 많고 도구를 사용할 줄 알기 때문에 방심하면 안 된다.

화수는 첫 번째 목표 지점부터 결코 쉽지 않은 상대를 만났다.

"…난감한데? 나 혼자 이렇게 많은 몬스터를 어떻게 잡나?"

그가 깊은 고민에 빠져 있는데 저 멀리서 다섯 명의 남녀가 중무장을 한 채 달려오고 있었다.

부아아아앙!

'저런 미친!'

소리에 민감한 몬스터들이 우글거리는 이곳에서 대놓고 오토바이를 타고 돌아다닌다는 것은 자살행위나 마찬가지였다.

화수가 아차 싶어서 장소를 옮기려는데, 그들의 주변으로 오크 떼가 슬슬 모여들기 시작했다.

—쿵쿵, 쿵쿵!

냄새를 맡았으니 이제부터 엄청난 숫자의 몬스터가 군집을 이루게 될 것이다.

화수는 자신이 지금 이 타이밍에 나서야 하나 말아야 하나 고민되었다.

'젠장, 어떻게 하지?'

만약 이대로 그가 돌아선다면 사라진 그들을 찾으려 지인들이나 경찰들이 올 테고, 그렇게 되면 앞으로 이곳에서 사냥하는 일은 힘들어질 것이다.

그는 어쩔 수 없이 손을 쓰기로 했다.

파바바밧!

퍼억!

화수가 발로 찬 것은 오크가 아닌 인간의 오토바이였다.

"어흑!"

"이런 씨발!"

외마디 비명을 지르며 날아가는 두 사람을 화수가 붙잡았다.

"미혼장!"

화수가 뻗은 일수에 두 사람의 신형이 달라붙었고, 그는 재빨리 구해낸 신형을 뒤로 돌렸다.

휘릭!

그들의 몸이 미루나무 꼭대기에 걸렸다.

"이, 이게 어떻게 된 거야?!"

"…쉿, 조용히."

화수는 그들에게서 오토바이 키를 빼앗았다.

턱!

순식간에 오토바이 키를 빼앗긴 그들이 식겁해서 화수를 바라보았다.

"다, 당신은……?!"

"지금 자세히 설명할 시간이 없어요. 일단 나무 위로 올라갑시다."

그는 다섯 사람을 들고 보법을 밟았다.

파바바바밧!

하지만 다섯 사람을 한꺼번에 옮기는 것이 그리 쉬운 일은 아니었다.

뚜둑!

"으윽!"

하늘을 날다가 허리를 삐끗한 화수는 이를 악물었다.

'젠장, 아직 100% 회복된 것이 아닌 모양이군.'

겉보기엔 멀쩡해 보였지만 안은 그게 아닌 것 같았다.

화수는 간신히 다섯 사람을 꼭대기에 안착시켰다.

"허억, 허억!"

"…당신, 정체가 뭡니까?"

"……."

숨을 고르느라 아무런 말이 없는 화수에게 녹색 휘장을 어깨에 감은 여인이 권총을 겨누었다.

철컥!

권총에는 'K―71'이라는 글귀가 적혀 있다.

화수는 이 권총이 국가기관에서 사용하는 수렵용 권총이라는 것을 어렵지 않게 알 수 있었다.

이것은 화수가 군에서도 사용한 적이 있지만 사냥을 위해서 만들어진 총이라기보다 수렵 중에 피치 못할 사정이 생겼을 때 사용하는 방어, 호신용 권총이다.

하지만 지금 그녀가 총을 쏜다고 해도 화수를 맞추지는 못할 것이다.

"…말해봐. 당신 누구야?!"

"사냥꾼입니다."

"자격증 좀 볼 수 있나?"

"없습니다."

"…없어?"

"그냥 사냥꾼이라고요."

그녀는 미간을 사납게 찌푸렸다.

"범법자?! 흥, 아주 뻔뻔하군! 우리는 대전 시청 소속 제1 수렵 전담팀이다! 당신, 몬스터 밀렵이 얼마나 무거운 죄인지 알고 있나?"

"죄는 죄지. 흙수저 물고 태어난 것도 죄라면 죄일까?"

"그런데 이 사람이 정말……!"

철컥!

여자의 곁에 있던 한 청년이 그를 만류했다.

"…팀장님, 그만 하시죠. 이러다가 우리 모두 나무에서 떨어지겠습니다."

"제기랄!"

어쩔 수 없이 총을 거둔 여인이 화수에게 자신들을 끌어 올린 이유를 물었다.

"그래, 범법자 양반, 우리를 왜 이곳까지 끌어 올린 거지?"

"안 그랬으면 당신들 모두 다 죽었을 겁니다."

화수는 아무 말 없이 손가락으로 아래를 가리켰다.

"눈이 있으면 좀 보시지요."

"……."

저벅저벅!

―쿵쿵, 쿵쿵!

―크룩, 크룩!

이곳에선 끝도 보이지 않는 오크들의 행렬이 이들의 오토바이가 세워져 있는 곳을 지나고 있었다.

화수는 일행에게 자리를 옮길 것을 제안했다.

"일단 이곳에서 빠져나갑시다. 잘못하면 다 죽겠어요."

"…그러시죠."

오크들이 지나간 후 화수는 미루나무에서 내려와 갑사 방면
으로 천천히 걸었다.

*　　　*　　　*

계룡산 중턱의 작은 정자 안.

솨아아아아!

꽤 시원한 산들바람이 불어 화수와 일행의 땀을 식혀주고
있다.

화수는 아까의 행동에서 잘못된 점을 지적했다.

"도대체 오크를 사냥해 본 적은 있는 겁니까?"

"우리는 그냥 행동 강령에 따라서……."

그는 실소를 흘렸다.

"교범에 오크를 사냥할 때 동네방네 자신의 위치를 알리라고
나와 있었습니까?"

"……."

"FM이 왜 FM이겠습니까? 지켜서 손해 볼 것이 없으니까 지
키라는 겁니다."

지금까지 화수의 부대가 이뤄낸 성과들은 현재 몬스터 수렵

전문가들을 양성하는 기관에서 참고 자료로 기용하여 교범으로 만들었다.

이들이 읽은 교범을 감수하고 옆에서 조언한 사람이 바로 화수였다.

"참, 이 광경을 보면 엮은이가 퍽이나 좋아하겠군요."

"…지금 비꼬는 건가?"

"한심해서 그럽니다. 나 아니었으면 당신들은 지금쯤 저세상에서 요단강에 돛단배를 띄우고 있을 겁니다."

"……."

이들 입장에선 이름도 모르는 범법자가 자신들을 살렸으니 입이 열 개라도 할 말이 없을 것이다.

화수는 그들의 산행이 왜 이루어졌는지 궁금했다.

"그나저나 이 험악한 곳엔 왜 온 겁니까? 보아하니 이 방면에 전문가도 아닌 것 같은데."

"우리는 시청 직원입니다. 민원이 들어와서 사냥을 나온 것이죠."

"민원이라……."

"…코카트리스, 코카트리스를 잡으려고 우리가 파견된 거예요."

"코카트리스?"

화수는 자신의 기억 속에 있는 코카트리스를 떠올렸다.

"날개 달린 초대형 도마뱀을 말하는 겁니까?"

"수탉이라고 하던데?"

"대가리만 수탉처럼 생겼습니다. 아아, 다리도 닭처럼 생기긴 했죠. 날개가 박쥐의 날개처럼 생겨서 날아다니기도 합니다."

"나, 난다고요?"

"비행 거리가 그리 길지는 않고 행동하는 모습이 꼭 수탉과 같지요. 하지만 한 번 씹히면 곧바로 돌이 됩니다. 날개 밑에선 독을 뿜어내고요. 어지간한 사람이 잡을 수 있는 몬스터가 아닙니다."

"…당신은 그걸 어떻게 그렇게 잘 알아요?"

"사냥꾼이라고 하지 않았습니까."

"……"

아무래도 이들은 코카트리스가 어떻게 생겨먹은 것인지조차 파악하지 못하고 온 모양이다.

만약 이들이 코카트리스가 어떤 몬스터인지 알았다면 절대 다섯 명으로 놈을 잡겠다고 설치지는 않았을 것이다.

화수는 사냥이 불가하다고 못을 박았다.

"코카트리스는 최소 10급의 몬스터입니다. 적어도 숙련된 사냥꾼 열다섯 명은 붙어야 간신히 잡는다고요."

"흥, 우리는 최정예 요원들로서 그런 위협 따위엔 굴하지 않는다!"

"그래요. 굴하지는 않겠죠. 다만 죽을 뿐이지요."

"뭐야?!"

"아무튼 결정하세요. 나와 함께 산을 내려갈 것인지 말 것인지."

그녀는 굳건한 의지로 화수와의 동행을 거절했다.

"범법자와 동행하는 것은 수치이기 전에 범죄다. 당신, 다시 내 눈에 띄면 바로 신고할 줄 알아."

"으음, 정말 후회 안 할 자신 있어요?"

"물론."

"좋습니다. 당신들끼리 알아서 하세요. 난 이곳에서 몬스터를 잡은 일이 없으니 추후에 영장을 가지고 찾아오시든지. 그럼 저는 이만."

"자, 잠깐만요!"

"뭡니까?"

팀장이라는 여자는 외골수라서 아까부터 삐딱선을 타고 있었지만 팀원들의 입장은 그렇지가 않았다.

"그대로 가면 우리는 어쩌고요? 이대로 고립되어 죽으라는 말인가요?"

"저 밑에 오토바이는 장식입니까? 다행히도 오크들은 기계엔 관심이 없어 망가지진 않았겠네요. 타고 내려가세요. 내려가는 길은 아래쪽입니다."

"…그쪽엔 오크가 있잖아요."

"그게 나와 무슨 상관입니까?"

"……"

사람이 죽고 사는 일이지만 저들이 화수를 거부한다면 방법이 없다.

화수는 포기하고 다른 사냥터를 찾아볼 생각까지 하고 있었다. 초짜와 엮여서 괜히 목숨을 잃으면 화수만 손해이기 때문이다.

하지만 그들은 어떻게든 화수를 영입하려는 모양이다.

"같이 가줘요."

"어딜요?"

"코카트리스 사냥이요."

"하하, 이 아가씨가 정말… 이봐요, 내가 아까 한 소리는 어디로 들은 겁니까? 귀가 막혔어요? 불가능하다고요."

"그럼 우리를 마을 인근까지라도 좀 데려다줘요."

"허참……."

"허미나 씨, 지금 누구에게 부탁하는 건데? 이 범법자, 썩 꺼지지 못해?!"

"이 사람이 떠나면 우리는 다 죽어요, 팀장님, 이렇게 자존심이나 세울 때가 아니라고요."

"…뭐?!"

급기야 팀의 분열까지 일어나는 마당에 화수가 이들을 데리고 코카트리스 사냥에 성공할 수 있을 리가 없었다.

지금의 화수가 코카트리스를 잡는 일은 커터 칼로 아름드리 나무를 베는 것이나 마찬가지인 상황이었다.

하지만 허미나라는 여자는 화수의 전문성을 자신들이 이용해야만 목표를 완수할 수 있다고 역설했다.

"솔직히 이 중에서 제대로 몬스터 사냥해 본 사람이 몇이나 돼요?"

"…난 해봤어."

"팀장님도 교육 시설에서 학생들에게 이론이나 가르쳐 보셨지, 21급 이상의 몬스터는 아예 본 적도 없잖아요."

"……."

"그런데 이 사람은 몬스터의 특성까지 전부 다 파악하고 있잖아요. 안 그래요?"

"그건 그렇지."

그녀는 팀장에게 아주 간절한 어투로 말했다.

"팀장님, 이번 일이 실패하면 우리 모두 모가지입니다. 얼마 전 일어난 습격 사건도 그렇고 최근에 벌어진 두 번의 민간인 피습도 수습하지 못했습니다. 이러다간 정말 다 잘릴 겁니다."

"……."

화수는 경찰들이 얘기한 그 무능력한 사람들이 바로 이들이라는 것을 어렵지 않게 알 수 있었다.

만약 이들과 함께한다면 십중팔구 죽음을 각오해야 할 것이다.

생각 같아선 그냥 이곳에 두고 가고 싶지만 돈이 뭔지, 일확천금의 유혹이 화수의 발목을 잡았다.

"좋아요. 정 그렇다면 내가 제안을 하나 하죠."

"뭡니까?"

"당신들, 코카트리스를 잡으려는 것이 민원 때문이죠?"

"…그렇죠. 이 근방에서 농부가 여럿 죽었거든요."

"게다가 그 밖에 여러 사건을 해결하지 못해서 사면초가에

몰렸고요."

"맞아요."

"그렇다면 이렇게 합시다. 내가 코카트리스를 잡는 데 일조할 테니 그 시신을 나에게 넘겨요."

"……?"

"나도 남는 것이 있어야 사냥을 도와줄 것 아닙니까? 민원을 해결해 줄 테니 시신만 넘겨줘요."

"이런 미친놈을 보았나? 몬스터는 국가의 자산인데 어떻게 범법자에게 넘겨?!"

"……"

"이거야 원, 국가의 반역자가 따로 없군."

그는 더 이상 얘기를 길게 하고 싶지 않았다. 이제 곧 해가 지려하기 때문이다.

"그럼 얘기 끝났군요. 난 이만 갑니다."

화수가 돌아서려는 바로 그때, 어디선가 소름 끼치는 괴성이 들려왔다.

—크웨에에에에에엑!

"…뭐, 뭐지?"

"아무래도 코카트리스가 우리 냄새를 맡은 모양이군요. 놈은 900미터 앞에서도 인기척을 느껴요. 정확히 어떤 기관 때문에 그렇게 되는 것인지는 몰라도 한 번 찍히면 절대 빠져나갈 수 없어요."

순간, 화수의 말이 끝나기가 무섭게 코카트리스의 몸이 공중으로 떠올랐다.

부웅!

단 한 번의 도약으로 주변 초목을 추풍낙엽처럼 쓰러뜨리는 놈의 위용은 확실히 남달랐다.

—크르르르르릉!

말만 도마뱀이지 생긴 것이 거의 고대의 공룡을 보는 것 같았고, 수탉의 머리는 일반적인 사람들이 생각하는 닭의 머리가 아니었다.

뾰족한 이빨이 톱니처럼 뾰족뾰족 솟아나 있고, 눈동자는 온통 거무튀튀해서 바라보는 것만으로도 기분이 나빴다.

화수는 할 말을 잃은 그들에게 물었다.

"저게 코카트리스입니다. 이제야 왜 사냥이 불가하다고 말했는지 알 것 같습니까?"

"…하느님, 맙소사!"

코카트리스의 실체를 본 일행의 얼굴이 잿빛으로 물들었다.

"…이런 젠장! 저런 괴물을 어떻게 다섯 명으로 잡으라는 거야?!"

"빌어먹을!"

수렵팀이 화수의 바짓가랑이를 잡고 늘어졌다.

"도와줘요."

"오는 것이 있으면 가는 것이 있는 법이죠. 내 제안을 받아들이시는 겁니까?"

"그건……."

망설이는 팀장에게 팀원들이 버럭 호통 쳤다.

"팀장님, 지금 그딴 닭대가리 시신이 문제예요?! 우리가 다 죽게 생겼는데?!"

"…젠장, 다 가져!"

"그래요. 진즉 그렇게 할 것이지."

이제 화수는 본격적으로 사냥에 돌입하기로 했다.

"우선 오크들부터 처리합시다. 코카트리스는 나중에 잡아도 충분해요."

"알겠어요."

화수는 이들을 데리고 나무 아래로 나려갔다.

제5장
악전고투

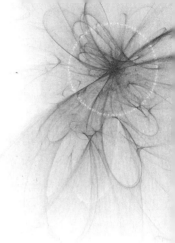

늦은 밤, 달이 산 중턱에 걸려 있다.

화수는 실선으로 투영되는 주변 광경을 자세히 살피며 오크들의 동선을 파악하고 있었다.

스스스스!

그가 흡수한 코어는 비홀더의 것이다.

비홀더는 눈동자에서 뿜어져 나오는 투시 능력으로 전방 200미터 내의 적을 파악할 수 있다.

불을 꺼놓고 본다면 인체 내부에 있는 종양까지 찾아낼 정도로 정밀한 투시 능력을 갖게 된 화수였다.

그는 투시 능력을 이용해 주변 족적을 분석하여 오크들의 동선을 파악해 냈다.

"남쪽으로 내려갔군요."

"그걸 어떻게 알아요?"

"다 알아내는 방법이 있습니다."

두 시간째 오크들의 동선을 파악하기만 하던 화수는 이제 공격 포인트를 지정하기로 했다.

그는 군장 안에 있는 우의를 꺼내어 덮은 후 디지털 지도를 꺼냈다.

디지털 지도는 가로 30㎝에 세로 80㎝의 직사각형 LED 패널인데, 이것은 아주 얇은 태블릿PC와 비슷하다고 볼 수 있다.

다만 태블릿PC와 다른 점이 있다면 실제 종이처럼 돌돌 말린다는 것과 완전 방수 기능이 있다는 점이다.

태양광 발전기와 전자 완충 방식으로 운용되며, 전 세계 모든 지역의 정보가 이곳에 다 들어 있다.

등고선 모드와 전략 지도 모드, 일반 지도 모드, 좌표 모드 등으로 이뤄진 지도는 확대 기능과 GPS 기능이 내장되어 있었다.

사냥꾼 화수에겐 아주 유용한 장비지만 내비게이션을 사용하는 일반인에겐 그다지 필요한 물건이 아니었다.

화수는 수렵 전담반 시절에 사용하던 물건이 꽤 많이 있었는데, 이 또한 그중 하나였다.

대전 시청 수렵팀장 박청하는 이 물건이 어떤 것인지 단박에 알아보았다.

"…디지털 지도는 어디서 났지?"

"과거지사는 묻지 않기로 합시다. 그게 서로 편할 것 같은데."

"……."

그녀는 화수에게 더 이상 자초지종을 물어보지 않았다.

밀렵꾼에게 과거지사를 들먹이는 것이 썩 달갑지 않다는 것은 지나가던 똥개도 다 아는 사실이기 때문이다.

화수는 계속해서 지도를 살폈다.

"여기서 약 300미터만 더 가면 계곡입니다. 우리가 오크를 하나씩 점사해서 죽이기 좋은 곳이죠."

"500마리나 된다면서요? 그런데 어떻게 점사로 잡아요?"

그는 소총에 달려 있는 소음기를 가리켰다.

"오크는 청각이 예민하지 못합니다. 시각 역시 그다지 발달하지 못한 편이죠. 때문에 저놈들은 밤에 이동하는 것을 극도로 꺼립니다. 그래서 저렇게 둥둥 떠다니는 눈알들을 데리고 다니는 것이죠."

"그러니까 저 눈알들이 오크의 눈이란 소리군요?"

"그렇다고 볼 수 있지요."

화수는 이글아이의 전멸이 오크들의 전멸이나 마찬가지라고 역설했다.

"이글아이는 몬스터의 주변에 기생하면서 숙주의 코어를 좀 먹습니다. 하지만 기생에 소모되는 에너지가 꽤 많아서 며칠에 한 번씩 숙주를 옮겨 다닙니다. 그래서 오크 열 마리당 한 마리의 이글아이가 기생하는 것이죠."

"그럼 이글아이 50마리만 잡으면 오크 500마리 소탕하는 것은 일도 아니라는 소리군요?"

"이론적으론 그렇습니다."

"으음……."

"어때요? 해볼 만하지 않겠어요?"

시청 수렵팀은 자신들에게 선택지가 많지 않다는 것을 잘 알고 있었다.

슬며시 고개를 끄덕인 그들에게 화수는 이글아이 사냥법에 대해 설명했다.

"이글아이는 시각이 발달한 대신 청각과 촉각을 느낄 수 없습니다. 코어도 없고 소화기관도 없습니다. 그저 보는 것만 할 수 있는 생명체죠."

"그럼 보이지 않는 곳에서 차근차근 저격하면 되겠군요?"

"물론 그렇긴 합니다만, 이글아이는 동료들이 당하는 것에 아주 민감하게 반응할 겁니다. 한 마리가 쓰러지면 남은 이글아이들이 지랄 발광을 하겠죠."

"놈들이 발광하면 일이 복잡해지는 것 아닙니까?"

"그래서 이글아이를 잡을 때엔 미끼를 써야 합니다."

"미끼요?"

화수는 주머니에서 코어 몇 개를 꺼냈다.

"이걸로 이글아이를 낚을 겁니다. 놈들은 코어 때문에 기생하는 것이니 코어로 낚시하면 금방 낚일 겁니다."

"아아, 그런 방법이……!"

그는 주변에 있는 아름드리나무를 가리키며 말했다.

"저 미루나무에 코어를 몇 개 매달아두면 이글아이가 몰려올 겁니다. 그때 우리는 그물로 놈들을 잡아서 일망타진하면 돼요."

"그래도 괜찮아요? 코어가 아깝지 않겠어요? 잘못하면 놈들에게 먹힐 수도 있는데?"

"사람이 죽고 사는 문제에 그깟 코어 몇 개가 대수입니까? 그리고 오크들을 잡으면 코어 몇 개쯤은 건질 수 있을 겁니다. 문제될 것 없어요."

오크는 시신에서 건질 것이 별로 없는 대신에 코어가 온전하게 보존되는 경우가 많아서 2~3등급 코어를 채취하기엔 제격인 몬스터다.

큰돈은 안 된다고 할지라도 푼돈 모아서 저축하기엔 안성맞춤이라는 소리다.

"자, 그럼 슬슬 작업을 시작해 봅시다."

화수와 일행은 미루나무에 코어를 매달아 이글아이를 낚시할 준비를 했다.

*   *   *

얼마 전, 사냥으로 얻은 갓파의 힘줄로 만든 새끼줄로 몬스터 코어를 꿴 화수는 그것을 미루나무에 매달았다.

슥슥슥.

일행은 아까부터 직경 1㎝의 코어를 꿰면서 연신 고개를 갸
웃거렸다.

"이렇게 작은 코어로 놈들을 낚을 수 있을까요?"

"왜 없습니까? 코어는 크든 작든 저놈들에겐 좋은 먹잇감입
니다."

"흠……."

직경 3㎝ 이하의 코어는 시중에 판매하기가 참 애매하기 때
문에 보통은 예비용 전력으로 싼값에 거래되곤 한다.

화수는 자신이 진기 보충용으로 사용하려던 거대 지네의 코
어를 낚시에 사용할 생각이다.

등급으로 따지자면 대략 4~5등급쯤 될 텐데, 화수의 경험
으로 볼 때엔 이 정도면 낚시에 사용하기 충분했다.

하지만 지금까지 몬스터를 낚시해 본 적이 없는 이들로선 참
으로 의아할 뿐이었다.

"…만약 낚시에 실패하면 곧바로 경찰서 갈 준비해."

"걱정도 팔자라더니 정말인 모양이군. 좋습니다. 사냥에 실
패하면 경찰서까지 제 스스로 걸어가지요."

"말을 바꾸었다간 정말 감방에 처넣을 줄 알아."

"마음대로 하세요."

잠시 후, 대략 20개의 몬스터 코어가 미루나무에 매달렸다.

스릉, 스릉!

바람이 불 때마다 영롱한 소리를 내는 몬스터 코어의 푸른

빛이 계곡을 수놓았다.

그러자 이글아이들이 순식간에 눈동자를 돌렸다.

―끼릭?!

"좋아, 온다!"

수렵 전담팀에서 유일한 남자인 박현중이 화수와 함께 몬스터 가죽으로 만든 그물을 손에 쥐었다.

화수는 타이밍이 중요하다고 강조했다.

"만약 타이밍이 안 맞으면 낚시고 뭐고 우리는 그냥 죽을 겁니다. 이글아이들이 오크들을 몰고 오면 더 이상 도망칠 곳도 없어요."

"알겠습니다. 정신 바짝 차리도록 하지요."

잠시 후, 이글아이가 몬스터 코어에 찰싹 달라붙기 시작했다.

―끼릭, 끼릭!

턱!

몬스터 코어 한 개당 대략 다섯 마리의 이글아이가 달라붙어 자신들끼리 몸을 부딪치며 경쟁하는 광경이 펼쳐졌다.

퍽퍽퍽!

―끼이이이익!

"…지금입니다!"

화수의 신호와 함께 그물이 이글아이들을 향해 날아갔다.

촤라라락!

마치 강바닥을 헤엄치는 물고기처럼 마구 부딪치며 코어를 탐하던 이글아이들이 그물에 전부 걸려들었다.

팟!

―끼릭, 끼릭?

"잡았다!"

이제 남은 것은 이글아이를 전부 사살하는 것이다.

철컥!

하지만 전혀 예상치도 못한 일이 벌어지고 말았다.

―크르르르룽.

"어, 어라?"

화수와 일행이 서 있는 계곡 근처로 거대한 몸집의 코카트리스가 빠르게 달려오는 모습에 일행은 몸이 딱딱하게 굳어버렸다.

"코, 코카트리스?!"

―크아아아앙!

놈의 노란색 눈동자가 이내 붉은색으로 변했다.

번쩍!

"놈이 우리를 목표로 삼은 것 같습니다. 이젠 죽을 때까지 우리를 따라올 겁니다. 시간이 별로 없어요!"

"제기랄! 이젠 어쩌죠?!"

"일단 튑시다!"

"이 그물은요?! 이놈들을 한 마리도 죽이지 못했는데!"

"그냥 버립시다!"

화수는 그물 끝을 몬스터 힘줄로 꽉 묶고 그곳을 티타늄 등산 고리를 이용해 자신의 벨트에 연결시켰다.

철컥!

"이글아이를 버릴 수는 없죠! 이놈들이 풀려나면 오크들이 우리를 죽일 것이 뻔한데!"

"그, 그렇다고 이글아이들을 이대로 데리고 다니면 어쩝니까?! 날이 밝으면 오크들이 우리를 죽이러 쫓아올 텐데!"

"그건 그때 가서 생각합시다! 지금 우리에겐 그런 것들을 생각할 여유가 없어요!"

화수는 이글아이가 잔뜩 든 그물을 허리에 달고 냅다 달리기 시작했다.

"뛰어요!"

"제기랄!"

삼십육계 줄행랑을 놓은 화수와 일행을 코카트리스가 미친 듯이 따라오기 시작했다.

쿵쿵쿵쿵!

―끄웨에에에에에!

"달려요! 멈추지 말아요!"

화수는 일행을 데리고 무작정 산비탈을 내달렸다.

*　　　　*　　　　*

어슴푸레 동이 트는 아침, 화수와 일행은 계룡산 정상이라고 할 수 있는 천황봉으로 향하는 중이다.

가는 도중 산기슭 사이에 있는 연못 암용추에 잠시 멈추어
선 화수는 이곳에서 물을 보충하기로 했다.

쏴아아아아!

암용추 위로는 계곡이 흐르고 있고, 그 위에는 바로 용추가
위치해 있었다.

화수는 암용추 위에 위치한 용추에 머리를 담갔다.

"푸하! 살 것 같군!"

"…이러다 우리가 지쳐서 죽겠어요. 지금 몇 시간째 계룡산
을 타고 있는 줄 알아요?"

"몇 시간만 더 참아요. 이제 곧 천황봉이 있는 천단에 도착
합니다."

"하지만 그곳까지 가는 것도 그리 쉽지는 않을 텐데요?"

"일단 천황봉 기지만 점령하면 해볼 만합니다. 목숨을 걸 가
치가 있다는 거죠."

지금 화수가 있는 암용추나 수용추와 같은 중요 자연 자산
들은 전부 정부에서 통제구역으로 지정하여 입산을 금지시켰
다.

화수가 목표하는 천황봉 역시 입산 통제구역인데, 이곳에는
통신 기지가 있어서 군사들이 베이스캠프를 치고 있던 곳이다.

물론 지금은 군사들이 철수하여 버려진 지 10년쯤 되었다.

"제가 알기로 천황봉에는 군수물자가 꽤 많습니다. 주변에
대인지뢰도 매설되어 있고요."

"으음, 그렇군요."

"하지만 매설된 지뢰는 어떻게 피합니까?"

"제게 좋은 방법이 있어요. 지뢰는 걱정할 필요 없습니다."

일행은 화수를 한 번 더 믿어보기로 했다.

"좋아요. 그렇게 합시다."

"그럼 올라가요. 이제 곧 해가 뜨겠어요."

"그럽시다."

화수와 일행은 서둘러 천황봉을 향해 움직이기 시작했다.

*   *   *

대략 네 시간 후, 화수 일행은 천황봉으로 향하는 좁은 길목에 멈추어 섰다.

[군사 지역, 일반인의 출입을 통제합니다.]

"일반인의 출입을 통제한다는데요?"

"…원래 계룡산 자체가 지금은 입산 통제구역이야. 저런 멍텅구리 야매 사냥꾼이나 출입하는 거지."

화수는 천황봉으로 가는 모든 길목이 철조망과 가시철근으로 가로막혀 있다는 것을 알고 있었다.

그는 가방에서 절단기를 꺼내어 철조망 가운데를 잘라냈다.

따악!

"그렇게 잘라도 괜찮아요? 군사 지역이라잖아요."

"군사도 없는데 무슨 군사 지역입니까?"

"뭐, 그건 그렇지만……."

철밥통을 인생 최고의 목표로 삼는 성은우의 걱정이 화수에게 닿기는 했지만 이내 무시당하고 말았다.

그는 거침없이 철조망을 옆으로 젖혀 사람 한 명이 간신히 지나갈 만한 구멍을 만들어냈다.

"자, 이곳으로 들어가 있어요. 그리고 절대로 발을 떼거나 먼저 움직이지 말아요. 알겠죠?"

"알겠어요."

화수는 이곳 철조망 너머에 엄청난 양의 대인지뢰가 있다는 것을 익히 알고 있었다.

지금 철조망 너머의 초목은 전부 다 뽑히고 넘어져 거의 전쟁터를 방불케 했다. 그렇다는 것은 이곳이 계룡산 최고의 격전지였다는 소리다.

아마도 이곳에는 몬스터를 잡기 위한 대인지뢰가 대량으로 매설되어 있을 것이고, 그 때문에 몬스터들이 이 길로 잘 다니지 않는 것이 분명했다.

화수는 자신이 지나간 구멍을 무공을 발휘하여 다시 용접했다.

'건곤대나이!'

치지지지지직!

내공으로 주변의 공기를 끌어당겨 온도를 높인 그는 불길을 한 점으로 압축시켜 용접을 시행했다.

철컹, 철컹!

"이곳을 단단히 잠그면 놈들과 전투를 어떻게 벌여요?"

"어차피 뚫릴 철문입니다. 약간의 시간이라도 버는 것이죠. 그래야 우리가 대비할 시간이 늘어나니까요."

"아아, 그러네요."

"일단 올라갑시다. 이곳에 무기가 얼마나 남아 있는지 알아봐야 해요."

"그래요."

화수는 투시 능력으로 지뢰가 매설된 지역을 찾아냈다.

스스스스스!

'빽빽하게 매설했군. 이 정도면 거의 GOP 수준인데?'

아직도 남북은 통일을 하지 못하고 GOP의 지뢰를 그대로 방치하고 있었다.

3년간의 피 터지는 싸움 속에 매설한 지뢰의 양보다 이곳의 지뢰가 더 많다는 것은 몬스터의 침공이 얼마나 심각했는지 잘 알려주는 지표라고 할 수 있었다.

화수는 부지런히 산을 올라 천황봉 군사기지 앞에 도달했다.

[주의: 이곳의 출입을 통제하고 통신탑을 폐쇄 조치합니다.]

사람의 것으로 보이는 피와 살점이 아직까지 덕지덕지 붙어 있는 간판은 공포감을 더하기에 충분했다.

"…우리가 판도라의 상자를 연 것은 아닐까요?"

"목표한 것만 제거하면 됩니다. 그 이후의 일은 신경 쓰지 말아요. 괜히 복잡해지기만 합니다."

화수는 굳게 닫혀 있는 천황봉 베이스캠프의 문을 열었다.

끼이이익!

그러자 그 안에 잔뜩 쌓여 있는 탄환과 무기들이 모습을 드러냈다.

"거의 요새 수준인데요?"

"하지만 이런 것들론 코카트리스를 잡을 수 없어요."

"그럼 어떻게 잡나요?"

"잡는 것은 내가 알아서 하겠습니다. 그러니 오크들을 제거하고 그 이후에 코카트리스를 견제하는 데 최선을 다해주시면 됩니다."

"그래요. 알겠어요."

화수는 다섯 사람에게 골고루 무기를 분배했다.

"기관총 쏘는 법 알아요?"

"네, 알아요."

"미나 씨가 기관총을 잡고 은우 씨와 현중 씨가 고속유탄기를 잡으세요. 쏘는 법은 알아요?"

"대충은요. 자세한 것은 쏘면서 배우죠, 뭐."

"그래요, 좋은 자세입니다."

"정리나 씨가 저격을 좀 한다고 했죠?"

"학교에서 스나이퍼였어요."

"그럼 리나 씨가 저격수를 맡고 팀장님은……."

그녀는 화수가 말하기도 전에 발칸에 자리를 잡았다.

철컥!

"내가 발칸을 맡지."

"좋아요. 그럼 저는 코카트리스를 잡는 데 전력을 다하겠습니다."

화수는 25㎏짜리 강철 방패를 손에 쥐었다.

깡깡깡!

"단단하군. 이 정도면 되겠어."

"그, 그걸 들고 뭘 어쩌게요?"

"보시면 압니다."

잠시 후, 천황봉 아래 철조망에서 강력한 폭발음이 들려왔다.

쾅쾅쾅!

―꾸웨에에에엑!

"왔다!"

"자, 이제 슬슬 준비합시다!"

계룡산 천황봉에 긴장감이 맴돌기 시작했다.

제6장

뒤통수가 판치는 세상

천황봉 철조망을 뚫고 들어온 코카트리스가 미친 듯이 산을 오르기 시작했다.

쾅쾅쾅!

—크웨에에엑!

덕분에 대인지뢰가 다 터져서 오크들이 산을 오르기 아주 좋게 되어버렸다.

"빌어먹을, 놈이 지뢰를 다 밟고 다녀서 오크들이 밟을 지뢰가 없어졌네. 이젠 어쩌죠?"

"이미 예상한 결과입니다. 아무래도 밤눈이 밝은 코카트리스가 오크들보단 **빠**를 것이라 생각하고 있었습니다."

잠시 후, 화수의 가시거리에 코카트리스의 모습이 보였다.

―크르르르르릉!

하지만 화수의 예상을 뒤집는 일이 벌어졌다.

―크룩, 크룩!

"오, 오크?!"

"오크들이 코카트리스보다 먼저 도착한 것 같은데요?!"

"…저놈들, 코카트리스가 지뢰를 제거할 때까지 기다린 겁니다!"

"오, 오크들이요?!"

"아무래도 오크들의 지능이 점점 진화하는 것 같아요. 큰일이군요."

거대한 코카트리스의 발걸음 소리를 필두로 오크 500마리가 미친 듯이 달려오기 시작했다.

―크룩, 크룩!

일이 어찌 되었건 간에 전투는 이미 벌어졌다.

"왔다!"

"사격 개시!"

두두두두두두!

기관총과 발칸으로 오크들에게 화력을 집중시키고 있긴 하지만, 총탄이 제대로 박히지 않아 죽지 않는 경우가 많았다.

퍽퍽퍽!

―크루우우욱!

총을 맞고 죽지 않는 놈들은 오히려 더욱 날뛰며 미친놈처럼 산비탈을 올랐다.

"유탄을 쏴요!"

펑펑펑펑!

그래도 고속 유탄 발사기가 터지면서 오크들이 꽤 많이 줄어들고는 있었다.

하지만 문제는 오크들이 시간을 버는 동안 코카트리스가 산비탈을 열심히 오르고 있다는 것이다.

뜻하지 않게 오크와 코카트리스가 협공을 벌이는 형국이 되어버린 것이다.

"이봐요, 사냥꾼 씨! 이젠 어쩔 건가요?!"

"어쩌긴요, 놈들을 잡아 족쳐야지!"

총탄이 빗발치는 전장으로 방패 하나만 덜렁 들고 뛰어든 화수는 오크들의 진입을 맨몸으로 막아섰다.

"회선격!"

방패로 오크들과 정면으로 부딪친 화수는 동그랗게 빙글빙글 돌면서 장을 난사했다.

쾅쾅쾅쾅!

—크웨에엑!

사방으로 오크들의 내장 조각이 날아다니고, 그 뒤로 아군의 총알과 포탄이 날아들었다.

콰앙!

"이럴 땐 합이 잘 맞는군."

저 팀장이라는 여자가 뒤통수를 치지 않을까 걱정이 컸지만, 그런대로 협조를 잘해주고 있었다.

오크들은 이런 식으로 숫자를 줄일 수 있었지만 코카트리스가 문제였다.

잠시 후, 코카트리스의 육중한 몸이 화수의 앞에 당도했다.

쿠웅!

화수는 이제 승부수를 띄우기로 했다.

'어차피 이놈하고는 정면 승부가 불가능하다. 목숨을 거는 수밖에!'

화수는 건곤대나이의 심결을 가슴 속 깊이 머금었다.

우우우우웅!

"놈! 각오해라!"

화수는 코카트리스의 부리 공격에 맞춰 방패를 앞으로 내밀었다.

깡깡깡깡깡깡!

무려 1초에 20번이나 반복되는 부리 공격에 화수의 어깨에 거대한 충격이 전해졌다.

우드드득!

"크으윽!"

"사냥꾼 씨!"

"나는 걱정하지 말고 오크들이나 잘 밀어내고 있어요!"

예전처럼 진기의 파장이 스스로 호신강기를 만들어내지 못하는 화수의 몸에는 차곡차곡 대미지가 축적되고 있었다.

이제 곧 한계에 부딪칠 것이다.

하지만 여기서 포기할 화수가 아니었다.

그는 방패로 부리를 후려친 후, 곧바로 벼슬 높이까지 뛰어올랐다.

퍼억!

―끄웨에에엑!

파바바밧!

"이런 닭대가리 같으니, 아무리 네놈이 빨라도 내 손바닥 안이다!"

화수는 놈의 턱에 50마리에 달하는 이글아이가 담겨 있는 그물을 묶었다.

그러자 이글아이가 미친 듯이 오크들에게 자신들의 위치를 어필하기 시작했다.

―끼릭, 끼릭, 끼릭!

―크룩?!

이글아이는 오크들이 밤중 생활을 영유하기 위해 꼭 필요한 평생의 동반자였다.

놈들은 물불을 가리지 않고 코카트리스를 향해 돌격하기 시작했다.

―크룩, 크룩!

―크르르르르릉!

퍽퍽퍽퍽!

구름처럼 달려든 오크들의 공격을 받아내느라 정신이 없어진 코카트리스는 서서히 뒤로 밀릴 수밖에 없었다.

화수는 쾌재를 불렀다.

"좋아, 성공이다!"

오크들이 코카트리스를 몰아붙인다고 해도 놈들이 저 덩치를 잡아 죽이지는 못할 것이다.

하지만 반대로 코카트리스 역시 대단한 능력을 지니고 있다곤 하지만 오크들을 쉽게 쓸어버릴 수는 없을 터였다.

그렇다면 화수는 그 세력의 중간에서 저울질하면서 버티다가 오크의 수가 적당히 줄어들었을 때 코카트리스를 치면 된다.

"화력을 퍼부어요! 어서!"

"…머리가 꽤 좋은데?"

일행의 엄청난 화력이 코카트리스와 오크들을 향했고, 몬스터들은 쏟아지는 화력에도 서로 죽을 때까지 싸울 수밖에 없었다.

펑펑펑펑!

두두두두두!

대략 5분 후, 이제 화수는 슬슬 오크의 숫자가 거의 바닥을 친다는 것을 알 수 있었다.

"끝을 내주마!"

화수는 내력을 한 방에 쏟아내기 위해 진기를 집중시켰다.

스스스스스!

"극진일신장!"

검붉은 진기의 파장이 화수의 손끝에 모여 묵직한 비기의 일장을 만들어냈다.

우우우웅, 콰앙!

—끄웨에에엑, 쿠헥!

피를 토하며 쓰러진 코카트리스를 향해 오크들이 달려들었고, 놈들은 부리에 쪼이면서도 죽을 때까지 싸웠다.

이제 화수는 코카트리스의 목숨을 완전히 끊고 오크들을 정리하기로 했다.

"잘 가라."

그의 일수가 코카트리스의 심장을 꿰뚫었고, 오크들은 저격수에게 머리가 꿰뚫려 전부 사망했다.

퍽퍽퍽!

—…쿠웨에에엑!

화수는 코카트리스의 심장에서 직경 55㎝에 달하는 거대한 코어를 꺼냈다.

두근두근!

"이겼다!"

"…정말로 저 괴물을 잡았어!"

화수를 포함한 일행은 이내 그 자리에 축 늘어졌다.

"후우, 한고비 넘겼네."

"수고 많았어요!"

"별말씀을."

이제 이 시신을 담을 만한 트럭을 구해서 산을 내려가기만 하면 화수의 일은 끝난다.

'먹고살기가 결코 쉽지 않네.'

그는 친구 현우에게 전화를 걸어 대형 트럭을 한 대 대절하기로 했다.

*　　　*　　　*

논산의 몬스터 해체장.

드르르르르륵!

"이야, 이게 얼마만의 코카트리스야? 이런 놈을 도대체 어디서 잡았어?"

"다 잡는 곳이 있지."

김상진은 코카트리스의 시신에서 가죽을 벗겨내고 뼈와 살을 발라내어 돈이 되는 곳을 추려냈다.

보통 코카트리스 한 마리를 분해하면 3~4천만 원 상당의 현금이 떨어지지만, 블랙마켓을 이용한다면 화수의 수중에는 몇백만 원 떨어지는 것이 전부일 것이다.

'이걸 어디에 팔아야……'

목숨을 걸고 잡은 코카트리스의 시체를 잘 팔기만 해도 일단 급한 불은 끌 텐데 그게 쉽지가 않았다.

화수는 핸드폰 시계를 보았다.

[4월 25일]

기약한 날짜는 26일, 이제 화수에게 남은 시간은 단 하루뿐이다.

'큰일이군.'

근심으로 가득 찬 화수의 핸드폰이 울린다.

따르르르르르릉!

"어이, 강 상사! 전화 왔어!"

"그, 그래."

그는 퍼뜩 정신을 차렸다.

"여보세요?"

─강화수 씨?

"누구십니까?"

─안녕하십니까? 저희는 JN케미칼입니다.

"그런데요?"

─지성준 사장님의 소개로 전화 드리는 겁니다만, 얼마 전에 오우거 한 마리를 지 사장님께 판매하셨다고요?

"……."

─아아, 걱정하실 필요 없습니다. 저희들 역시 시끄러운 것은 딱 질색인 사람들이거든요.

남자는 화수에게 솔깃한 제안을 했다.

─저희들은 지성준 사장님께 물건을 구하고 있습니다. 하지만 단가가 너무 높아서 물건 수급에 어려움이 있군요. 듣자 하니 이 바닥에서 이름깨나 날렸다고 하던데, 저희와 거래하면 어떨까요?

"…돼지 아빠의 소개로 전화 주신 거라고요?"

─예, 그렇습니다. 가격은 잘 쳐드리겠습니다. 앞으로 저희들

과 거래해 주시지요. 듣자 하니 이번에는 코카트리스를 한 마리 잡으셨다고 하던데, 저희와 첫 거래를 트는 것은 어떠십니까?

그는 깊은 고민에 빠져들었다.

코카트리스를 잡았다고 지성준에게 말해놓긴 했지만 워낙 가격이 낮아서 흥정을 붙여보고 수지가 안 맞으면 다른 루트를 알아볼 생각이었다.

그런 와중에 이들이 전화를 주었지만 어쩐지 찜찜한 생각이 들었다.

이 바닥이 얼마나 험한지 잘 알고 있는 화수로선 지금 이 사람들도 딱히 신뢰가 가지 않았다.

하지만 발등에 불이 떨어진 화수로선 선택의 여지가 없었다.

"좋습니다. 그럼 물건을 가지고 서울로 한 번 찾아가도록 하지요."

─아, 그래 주시겠습니까? 원하신다면 저희들이 찾아가도 좋습니다만.

"아니요. 제가 갑니다."

─그래요, 알겠습니다. 주소는 문자로 전송해 드리겠습니다. 그럼.

전화를 끊은 화수에게 한 통의 문자 메시지가 도착했다.

[서울 도봉구…….]

디지털 지도를 펼쳐 위치를 알아보니 도심에서 조금 떨어진 외곽에 있는 창고라는 것을 알 수 있었다.

"거의 다 되어가지?"

"이제 한 10분 남았나?"

"그럼 슬슬 싣고 있을게. 서울로 다시 가야 해서 말이야."

"서울?"

"거래가 있어."

"그렇군. 조심해, 강 상사. 그 바닥, 워낙 흉흉해서 사람 죽는 경우가 꽤 많다고."

"알고 있어."

화수는 물건을 차곡차곡 트럭 냉장 칸에 실었다.

*   *   *

서울 도봉구의 한 창고에 도착한 화수는 깔끔한 슈트를 입은 2 대 8 가르마의 사내와 마주했다.

"안녕하십니까? JN케미칼에서 근무하고 있는 임희성 차장입니다."

"강화수입니다."

"얘기는 많이 들었습니다. 아주 전설적인 수렵꾼이셨다고요?"

"소싯적 얘기입니다. 지금은 투병 생활로 몸이 많이 나빠졌어요."

"아아, 그렇군요. 그것참, 안타깝게 되었네요."

"……."

그는 화수에게 명함을 한 장 건넸다.

"제 명함입니다. 앞으로 거래하자면 자주 연락해야 할 겁니다. 무슨 일이든 연락 주십시오. 도울 수 있는 일이 있다면 기꺼이 돕겠습니다."

"알겠습니다."

임희성은 화수에게 물건부터 요구했다.

"아직 점심시간이 30분 정도 남았군요. 그동안 물건을 좀 보고 함께 식사라도 하는 것이 어떠신지요?"

"그러시지요."

화수는 냉장 칸을 열어 코카트리스의 시신을 보여주었다.

철컹!

비릿한 몬스터의 피비린내와 함께 코카트리스의 각종 장기와 힘줄 등이 모습을 드러냈다.

임희성은 이 지독한 비린내를 맡고도 아무렇지도 않다는 듯 맨손으로 시신을 뒤적거렸다.

"방사능 수치가 낮군요. 코어를 먼저 제거하신 모양이지요?"

"네, 그렇습니다."

"역시 전문가는 뭔가 달라도 다르군요."

그는 몬스터 시신에서 코어를 먼저 떼어내지 않고 분해하면 방사능 수치가 올라가 신체에 치명적인 영향을 미친다는 것을 알고 있는 모양이다.

'전문적인 지식이 꽤 있는 것 같은데?'

아주 기본적인 사항이긴 하지만 이에 대해서 알고 있는 사람은 그리 많지 않았다.

한마디로 이 사람은 몬스터의 시체를 하루 이틀 만지고 취급한 사람이 아니라는 소리다.

그는 코카트리스의 시신을 한마디로 평가했다.

"가죽은 3급, 뼈와 살점은 2급 정도 되겠군요. 어떻게 잡으신 겁니까? 아주 흠씬 두들겨 맞아 죽은 것 같은데요?"

"네, 맞습니다. 반쯤은 두들겨 죽였습니다."

"흐음, 쉽지 않았을 텐데요?"

"운이 좋았지요."

"그렇군요."

그는 계속해서 시신을 평가했다.

"힘줄은 1급, 부리와 비늘은 특등을 줄 수 있겠군요. 코어도 볼 수 있습니까?"

"그러시죠."

이윽고 화수는 지름 55㎝의 1등급 코어를 꺼냈다.

스르르르르릉!

그는 감탄사를 연발했다.

"이 투영도! 놈을 어디서 잡았다고 하셨죠?"

"비밀입니다."

"흠, 그래요. 말씀하시기가 껄끄러워도 대략적인 지형은 나오네요. 산에서 잡으셨지요? 도심의 지하나 하수도, 폐도로 등에선 이런 투영도가 나오지 않습니다. 이놈들도 환경호르몬의 영향을 많이 받거든요."

"잘 아시네요."

"아무튼 이런 물건 구하기는 쉽지 않지요. 대략 얼마 정도 예상하고 계십니까?"

"5~6천이 시세라는 것은 알고 있습니다."

"흠, 그래요. 이 정도 지름이면 6천 이상도 충분히 받을 겁니다."

40㎝ 이상의 코어는 공장을 가동시키는 데 사용되는데, 크기 50㎝ 이상의 코어는 네 개 이상의 라인을 가동시킬 수 있는 에너지원이 된다.

그는 화수에게 곧장 돈을 지불하겠다며 자동차의 트렁크를 열었다.

철컹!

"현금으로 드리는 것이 마음 편하시겠지요?"

"그렇지요."

"시신의 상태는 그리 좋지 못하니 사체값으로 4천, 코어값으로 5천을 드리겠습니다. 어떠십니까?"

"뭐, 그렇게 하시죠."

그는 정말로 현금 다발이 가득 든 슈트케이스를 꺼내 화수 앞에 내밀었다.

"확인하시죠."

"맞겠지요."

"그래도 한번 세어보시지요. 정확한 것이 좋으니까요."

처음 보는 사람에게 이렇게 많은 돈을 건넨다는 것이 쉽지 않은 일일 텐데 돼지 아빠 지성준이 폭리로 벌어들이는 돈을 생각해 보면 아주 이상한 일도 아니었다.

화수는 5만 원 권으로 이뤄진 슈트케이스를 투시 능력으로 정밀하게 감정해 보았다.

'위조지폐는 아닌 것 같군.'

6년 전쯤에 위조지폐 전문가에게서 감별법을 대략적으로 전해 들은 화수는 이 화폐가 정상적인 물건이라는 것을 알 수 있었다.

그는 슈트케이스를 차에 실었다.

"맞군요."

"그럼 첫 거래가 성사된 것으로 알겠습니다."

"그러시죠."

임희성은 화수에게 명함을 한 장 더 건넸다.

"오늘은 거래가 잘 이뤄졌으니 좋은 곳에서 한 끼 드시지요."

그가 건넨 명함은 강남에 위치한 요정의 것이었다.

[요정 연꽃]

"요정?"

"아무래도 점심에 반주가 빠지면 섭하지 않겠습니까?"

"…유흥은 필요 없을 것 같습니다만?"

"그러지 마시고 한잔하시죠. 저희들이 대접하겠습니다."

화수는 그의 강권에 어쩔 수 없이 명함을 받았다.

"알겠습니다. 가시지요."

"하하, 역시 화끈하시군요. 그럼 한 시간 후에 요정에서 뵙겠습니다."

"그럽시다."

자동차에 시동을 건 화수는 강남역 인근의 요정으로 향했
다.

*   *   *

강남역 인근 초호화 요정 '연꽃' 앞.

디리리리링!

간드러지는 가야금 소리와 장구 소리가 화수의 귀를 간질이
고 있다.

'기루라… 아주 오랜만이군.'

설마하니 현세에서 이런 기루와 마주할 줄은 꿈에도 몰랐던
화수는 감회가 새로웠다.

무림의 지존으로서 군림하던 그는 질리도록 여인들을 품고
술을 퍼마시며 살던 한량 중의 한량이었다.

이런 풍경은 그에게 있어 거의 생활과도 같다고 볼 수 있었
다.

끼이익!

요정 문이 열리며 한 여성이 화수의 앞으로 다가왔다.

"강화수 님?"

"네, 그렇습니다."

"안으로 들어오시지요. 일행이 기다리고 계십니다."

"그럽시다."

몸의 굴곡이 그대로 다 드러나는 시스루 한복을 입은 그녀를 따라서 요정 안으로 들어가니 화려함의 극치를 달리는 고저택이 화수를 맞이했다.

휘이이이이이잉!

저택의 마당에는 벚꽃과 아카시아가 만개해 있었는데, 정원의 구석에서는 꽃의 향기가 잘 퍼지도록 은은한 인공 바람을 만들어내고 있었다.

마당을 한 바퀴 에둘러 흐르는 연못에 꽃잎이 떨어져 풍류의 끝자락을 달리는 듯했다.

'예나 지금이나 돈 많은 놈들은 풍류라면 아주 환장을 한다니까.'

화수는 그녀를 따라서 저택의 한 귀퉁이에 있는 방으로 들어섰다.

드르르륵!

"손님 오셨습니다."

"이야, 강 사장님! 어서 오십시오!"

그는 대낮부터 여자들을 옆구리에 끼고 술판을 벌이고 있었다.

"하하, 너희들, 오늘 모실 서방님이 오셨는데 뭐 하냐?!"

"호호, 이리 오셔요."

여리고 보드라운 그녀들의 살결이 화수의 촉각과 후각을 간질인다.

화수는 그녀들을 따라서 교자상 앞에 앉아 술을 받았다.

쪼르르르.

"한 잔 받으셔요."

"무슨 술입니까?"

"안동 소주요. 호호, 그나저나 우리 서방님께서는 말투가 너무 딱딱하시네. 편하게 대해주세요."

"하하, 우리 사장님께서 워낙 올곧은 분이라서 그렇다! 오늘 제대로 모셔야 팁이 떨어져! 다들 잘 알고 있지?!"

"물론이죠. 몸과 마음을 다해서 모실게요."

그녀들의 손이 화수의 허벅지에 닿자, 그의 성욕이 심장을 뚫고 나올 듯이 꿈틀거렸다.

하지만 그는 평정심을 잃지 않고 술을 마셨다.

꿀꺽!

"…향이 좋군."

"안주도 한 점 드시고……."

화수는 그녀의 수발을 받으며 연거푸 술을 넘겼다.

*   *   *

술잔이 얼마나 오갔을까?

"아아, 취한다!"

"호호, 서방님, 그럼 낮잠 한숨 자고 가실까요?"

"하하하하, 그러자고!"

임희성이 거나하게 취해 술자리에서 일어서자 화수도 함께 일어섰다.

"그럼 저도 이만 가보겠습니다. 술 잘 마셨습니다."

"어어, 그냥 가시면 어떻게 합니까? 잠깐이라도 자고 가시죠. 안 그럼 이 아이들이 섭섭해 할 겁니다."

"……"

어쩐지 찜찜한 마음에 화수는 그녀들을 거절했다.

"대리 기사 부르면 됩니다. 그럼 저는 이만……."

무작정 술자리를 떠나는 화수에게 임희성이 따라붙었다.

"어허, 이러시면 제가 너무 섭섭합니다! 한잔 더 하시든지 계집과 하루 주무시든지 둘 중에 하나는 해주시지요."

"…지금은 그럴 기분이 아닙니다. 그리고 제가 바쁜 일이 좀 있어서요."

"흠, 바쁘시다니… 뭐, 그럼 어쩔 수 없지요."

그는 화수에게 깊이 고개를 숙였다.

"아무쪼록 거래 감사합니다."

"별말씀을요."

이윽고 문을 열고 요정을 나선 화수에게 여전히 임희성의 시선이 머물고 있다.

화수는 그가 인사를 마치고 나서부터 전화기를 붙잡고 있다는 것을 알 수 있었다.

'어디로 저렇게 급하게 전화를 거는 걸까?'

그가 주차장에서 차를 빼내 나가려던 바로 그때, 저 멀리서 검은색 고급차 두 대가 달려와 멈추어 섰다.

끼이이익!

"어이, 강화수 씨!"

"······?"

"어딜 그렇게 급하게 가시나?"

"······."

화수의 눈이 실망으로 물들었다.

까앙, 까앙!

양손에 쇠파이프를 든 건달들이 화수의 차를 톡톡 두드리며 건들거리고 있다.

아무래도 이들은 화수에게서 뭔가 받을 것이 있는 모양이다.

"남의 돈 받았으면 다시 토해내야지 가긴 어딜 가?"

"···JN케미칼은 이런 식으로 장사하는 모양이지?"

"큭큭, 요즘 세상에 어떻게 돈을 벌면 어때? 야, 담가 버려!"

"예, 형님!"

어쩐지 1억에 가까운 돈을 넙죽 내밀 때부터 이상하다 느꼈던 화수다.

"예나 지금이나 뒤통수치는 새끼들이 아주 판을 친단 말이지."

화수는 자신에게서 폭리를 취한 것으로도 모자라 건달까지 붙여놓은 지성준의 얼굴이 떠올랐다.

스스스스스!

"지성준 이 개새끼 가만두지 않겠다!"

그는 건달들에게 손가락을 까딱거리며 말했다.

"먼저 들어와라. 그래야 정당방위 아니겠냐?"

"미친놈일세. 좋아, 보내 버려!"

부웅!

까앙!

건달들의 쇠파이프가 화수의 머리에 정확히 내리꽂혔으나 화수는 아주 멀쩡히 그들을 바라보았다.

"어, 어라?"

"쇠파이프는 이렇게 쓰는 거다!"

그는 쇠파이프를 잡고 검술을 전개해 나간다.

"혈화난무!"

끼이이이이잉!

붉은색 스파크가 튀며 화수의 일격이 시작되었다.

*　　　　*　　　　*

현대판 기루 연꽃에서 일하는 영월은 오늘 이상한 손님을 받았다.

"돈을 그렇게 많이 내놓고 잠자리를 안 하다니, 특이한 사람 이네."

영월과 같은 접대부는 남자와 술자리를 갖고 난 후 그를 별 채로 데리고 가서 욕정을 풀어주는 역할을 한다.

남자와 하룻밤을 지내고 돈을 버는 그녀이기에 남자가 거사를 치르지 않고 그냥 가버리면 일명 '퇴짜 페널티'를 받아서 일당이 줄어들게 된다.

하지만 오늘 이곳에 온 사람은 얼굴도 멀쩡하게 생겼고 몸도 탄탄해서 영월은 그나마 마음을 놓고 있었는데, 퇴짜를 놓고 가버리니 마음이 별로 좋지 않았다.

"뭐, 그래도 돈은 받았으니 됐지."

접대를 하는 사람이 그녀에게 팁을 두둑이 주어서 손해는 보지 않았지만 기분은 썩 좋지 못한 그녀이다.

다음 손님을 받기 위해 술자리를 정리하던 그녀는 상 귀퉁이에 있는 핸드폰을 발견했다.

"이 사람, 핸드폰을 놓고 갔네."

그녀는 혹시나 그가 아직 있을까 싶어서 헐레벌떡 주차장으로 달려갔다.

퍽퍽퍽퍽!

"으음?"

지상 주차장을 지나던 그녀는 놀라운 광경과 마주하게 되었다.

붕붕붕!

쇠파이프를 들고 마치 춤을 추는 듯한 남자의 검무가 펼쳐지고 있고, 그것을 마주한 남자들은 신들린 듯이 쥐어 터지고 있었다.

스르르르릉!

검무를 추는 남자의 몸에선 검붉은 광채 같은 것이 흘러나왔는데, 그 모습이 한 폭의 그림을 보는 것 같았다.

물 흐르듯, 혹은 연꽃이 잔잔한 물을 타고 부유하는 듯이 자연스럽게 쇠파이프를 휘두르는 그의 모습은 가히 신선이라 할 만했다.

넋을 놓고 그 모습을 지켜보고 있던 그녀는 검무를 추던 그가 불현듯 쇠파이프를 집어던지고 본격적으로 사내들을 두들겨 패는 모습을 바라보았다.

"이런 기생충 같은 새끼들, 어디서 배워먹은 버르장머리인지는 알 수 없다만 오늘 임자 제대로 만난 줄 알아라."

"…이, 이러고도 무사할 성싶으냐?!"

"아직도 정신을 못 차렸군. 몇 놈 병신으로 만들어줘야 정신을 차릴 모양이지?"

바로 그때, 그의 손에서 붉은색 회오리가 일어나더니 사내의 팔을 빨아들였다.

슈가가가가가가각!

뚜두두두둑!

"끄아아아아악!"

"이 팔, 거추장스러운 것 같으니 내가 친히 없애주지."

"사, 사람 살려!"

그녀는 자신도 모르게 토악질이 나오는 것을 느꼈다.

"우, 우우욱!"

바로 그때, 핸드폰의 주인으로 보이는 남자가 낌새를 채고 그녀에게로 날아들었다.

스으으으으윽!

"어, 어……?!"

마치 그림자처럼 미끄러져 온 그는 붉은색 눈동자로 그녀를 바라보았다.

"…뭡니까?"

"저, 저, 저……."

"핸드폰?"

"아까 놓고 가셔서……."

그는 핸드폰을 받더니 입에 검지를 가져다 대었다.

"쉿, 아시죠?"

"…그, 그럼요."

그는 다시 사내들을 고문하기 위해 발걸음을 옮겼고, 그녀는 뒤도 돌아보지 않고 삼십육계 줄행랑을 놓았다.

"…으으!"

간신히 요정까지 달려온 그녀는 가슴을 쓸어내렸다.

"휴우, 무서워 죽는 줄 알았네."

다리가 후들거려서 제대로 서 있지도 못할 정도가 되었지만, 그녀는 자신도 모르게 미소를 지었다.

"…그래도 멋있잖아?"

그녀는 담장 너머로 그의 모습을 자꾸 곁눈질했다.

'오뚝한 콧날, 탄탄한 몸매. 이제 보니 꽤 미남인데?'

넋이 나간 그녀에게 마담이 다가왔다.

"영월아?"

"…언니!"

"여기서 뭐 해?"

"아, 아무것도 아니에요!"

"자자, 일하자. 손님 받아야지?"

"…네."

영월은 떨어지지 않는 발걸음으로 마담을 따라갔다.

제7장

받는 만큼 돌려준다

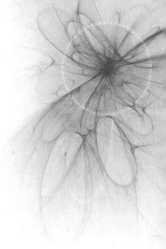

이른 아침, 여관 '돼지 엄마'의 문이 뜯겨져 나갔다.

쿵쿵, 쾅!

"뭐, 뭐야?!"

자다가 놀란 지성준이 벌떡 일어섰다.

화수는 때마침 자신을 마중 나온 지성준의 멱살을 틀어쥐었다.

꽈드득!

"어, 어⋯⋯?"

"왜, 내가 아직도 멀쩡하게 돌아다니는 것이 이상하냐?"

"아, 아니, 그게 아니고⋯⋯."

화수는 지성준의 왼쪽 귀를 비틀어 뽑아버렸다.

뚜두두둑!

"끄아아아악!"

"그나마 남은 육신마저 보존하고 싶지 않은 모양이지?"

"아, 아니야! 나는 그저 물건을 사겠다고 해서 소개시켜 준 죄밖에 없다고!"

"…지랄도 풍년이군."

화수는 그의 종아리를 발로 걷어차 버렸다.

빠각!

"크허어억!"

"십자인대가 파열되면 평생 뛰지 못할 수도 있다고 하던데, 이를 어쩌나?"

"나, 나에게 왜 이러는 거냐고!"

"그걸 몰라서 묻나? 물건은 물건대로 빼앗기고 돈은 돈대로 잃을 뻔했는데 내가 가만있게 생겼어?"

지성준은 여전히 황당하다는 표정을 짓고 있었지만, 이내 그 뻔뻔한 표정이 일그러졌다.

"혀, 형님!"

"왔냐? 뭐가 그렇게 굼떠? 진짜 뒈지고 싶어?"

"죄, 죄송합니다!"

"……"

화수는 자신을 마치 강아지처럼 졸졸 쫓아온 건달들을 바라보며 물었다.

"잘 봐라. 이놈이 맞아? 네놈들과 짜고 친 놈 말이야."

"맞습니다. 이놈이 우리에게 절반을 떼어준다고 했습니다."

"…이런 치사한 새끼들을 보았나?! 그러고도 이 바닥에서 장사할 수 있을 것 같아?!"

"그럼 어쩌냐? 우리가 다 죽게 생겼는데."

죽음을 맛본 건달들로선 지금 화수의 말을 따르는 것밖에는 어쩔 도리가 없었다.

화수는 다리가 부러져 바닥에 주저앉아 있는 지성준에게 물었다.

"네놈, 여기서 죽고 싶어, 아니면 순순히 블랙마켓에 줄을 대줄래?"

"……."

"양자택일을 해라. 그렇지 않으면 네놈을 회쳐서 몬스터들의 밥으로 줄 것이다."

지성준은 어쩔 수 없다는 듯이 말했다.

"빌어먹을. 내가 블랙마켓에 너를 넣어주면 나에게 뭐가 떨어지지?"

"목숨."

"……."

"소 잃고 외양간 고쳐봐야 집 나간 소는 안 돌아온다. 네 모가지가 집 나가기 전에 결정하는 깃이 신상에 좋을 것이다."

인천에 근거지를 둔 넙치파는 지성준에게 돈을 받고 이따금 클라이언트들을 족쳐서 뒤통수치는 일을 해주었는데, 이들이 꼬리를 내렸다는 것은 더 이상 지성준에게 돌파구가 없다는 것을 의미했다.

그는 어쩔 수 없이 화수를 따르기로 했다.

"…알겠다. 소개시켜 주도록 하지. 하지만 나에게도 떨어지는 것이 좀 있어야 하지 않겠나?"

"이번 일 이후론 네놈을 괴롭히지 않으마."

"……."

"싫어?"

"후우, 좋아, 그럼 이번 일 이후론 나를 건드리지 마라. 그게 내 조건이다."

"좋아, 그렇게 하도록 하지."

"그럼……."

"아 참, 또 한 가지가 있어."

"……?"

"내 물건 내놔."

"…이런 씨발! 그건 내가 돈 주고 산 거잖아!"

"내 알 바냐."

"……."

"이 건물 싹 털리고 거리로 나앉을래, 그냥 순순히 뱉을래?"

지성준은 우거지상이 되어 화수에게 말했다.

"에라, 씨발! 다 가져가라! 아주 싹 털어가라!"

"그래도 괜찮아?"

"……."

"후후, 알겠다. 총만 챙겨서 나갈게."

화수는 자신의 애병이던 K—55 소총이 든 가방을 들쳐 멨다.

"어차피 네가 가지고 있어봐야 팔지도, 쓰지도 못할 물건이다. 아는지 모르겠지만, 이 물건에는 홍채 인식과 지문 인식 시스템이 장착되어 있다."

"……."

"무식이 죄지. 안 그래?"

화수는 자리에 누워 있는 지성준을 일으켜 세웠다. 그리곤 엇나간 다리뼈를 맞춰주었다.

뚜두두둑!

"크아아아악!"

"이제 뼈가 맞았으니 내일쯤이면 제대로 걷게 될 것이다. 다행인 줄 알아. 다리병신으로 만들려다가 말았으니까."

"……."

"자, 그럼 이제 앞장서. 블랙마켓으로 가자."

그는 오만상을 찡그리며 화수를 노량진으로 안내했다.

*　　　　*　　　　*

노량진 수산 시장 지하.

와글와글!

원래는 생선을 보관하는 곳으로 사용하던 노량진 수산 시장의 지하에는 대략 3천 평 규모의 블랙마켓이 형성되어 있었다.

이곳에 좌판을 펼 수 있는 사람은 블랙마켓의 원년 멤버나 그 소개장을 받은 사람뿐이었다.

블랙마켓에서 물건을 구매하는 사람들 역시 시장 관계자의 초대장이나 원년 멤버의 지인들뿐이었다.

수소문을 해서 이곳까지 온 사람들 역시 어찌어찌 마켓에 입성할 수는 있었지만 꽤 까다로운 절차를 밟고 물건값의 50%에 달하는 수수료를 지불해야만 했다.

화수는 블랙마켓의 원년 멤버인 지성준의 소개로 이곳에 좌판을 펼 수 있는 자격을 얻었다.

마켓의 관계자는 화수에게 장사의 관례에 대해 설명했다.

"좌판의 수수료는 판매 금액의 5%이고 1억 이상의 물건은 10%의 가산세를 내야 합니다."

"흠……."

"비싸다고 생각되면 인터넷을 알아보시든가요."

"아닙니다."

지성준에게 물건을 팔았을 때와는 달리 이곳에선 제대로 된 값을 받을 수 있을 뿐만 아니라 웃돈도 받을 수 있었다.

비록 단속에 걸리면 옥살이를 해야 하지만, 당장 빚을 탕감하기 위해선 어쩔 수 없다.

화수는 이곳에 좌판을 펴고 자신이 판매할 물건에 대한 정보를 피켓에 적었다.

[코카트리스 부산물, 직경 55㎝ 1등급 코어]

화수가 내건 코어는 부르는 것이 값이기 때문에 가격을 잘만 후려치면 한몫 단단히 챙길 수 있을 터였다.

마치 늦은 밤의 야시장을 방불케 하는 이곳에서 사람들은 자신들에게 필요한 물건들을 찾아 돌아다니고 있었다.

화수는 육성으로 판매할 물건에 대해 설명했다.

"코카트리스 부산물입니다! 1등급 코어도 있어요!"

"1등급 코어라… 크기가 얼마나 되죠?"

"55㎝입니다."

"이야, 대단한데?!"

사람들의 관심이 순식간에 화수에게로 쏠린다.

코어가 세간의 주목을 받게 된 것은 국제 유가가 거의 폭등 수준으로 치솟았기 때문이다.

산유국들이 보유하고 있던 유전에 몬스터들이 대거 거주하게 되면서 유전을 돌릴 수 없게 되었고, 결국 산유국에 소속되어 있던 회사들이 하나둘 문을 닫게 되었다.

그나마 남아 있는 기름은 손을 댈 수도 없는 처지였고, 이제 몇 안 되는 유전에서 기름을 퍼내어 팔고 있었다.

아직까지 수소 발전기나 전기차 기술이 발전하지 못한 마당에 기름이 얼마 없다는 것은 청천벽력과 같은 소리였다.

이에 세계 각국에선 몬스터 코어를 대체에너지로 지정하고 국가에서 그것을 통제하여 적당한 선에서 에너지를 분배하도록 하였다.

하지만 그것은 오히려 빈부 격차가 벌어지는 시발점이 되었으니, 이제는 코어를 구하지 못하면 장사는커녕 집에서 불도 켜고 살 수 없는 지경이 되어버렸다.

대기업이 정부에 로비하여 코어 산업을 주도하는 바람에 이제는 서민들이 끼어들 틈이 아예 없어져 버린 것이다.

  화수에게 가장 먼저 다가와 흥정을 한 사람은 중소기업 사장이라는 사람이었다.

  "6천 드리겠소."

  "6천이라……."

  "왜, 너무 적은가?"

  바로 그때, 몇몇 사람이 다가와 현찰 다발을 내밀었다.

  "여기 6천 5백."

  "아니, 7천!"

  "8천 드리리다!"

  화수는 아직 가격을 부르지도 않았는데 코어를 쟁취하기 위한 경쟁이 치열했다.

  가격 경쟁이 과열되려는 찰나, 이 상황을 한 방에 정리한 사람이 있었다.

  "1억!"

  "……."

  "1억 줄 테니 나에게 파시오."

  "그럽시다."

  화수는 현찰로 1억을 받고 신원 미상의 남자에게 코어를 팔아넘겼다.

  "…아깝군. 요즘 저런 물건 구하기가 쉽지 않은데."

  "뭐, 별수 있나."

터덜터덜 돌아선 사람들 뒤로 코카트리스의 부산물을 찾는 사람들이 몰려들었다.

"코카트리스 가죽 상태는 어떻습니까?"

"중급 정도 되는군요."

"뼈는요?"

"하품입니다. 건설 기자재로 쓰면 딱 맞겠군요."

"좋습니다. 제가 다 사지요. 3천 드리면 될까요?"

"여기 4천!"

요즘 대형 몬스터의 시신은 건설 현장에서도 꽤 많이 쓰이기 때문에 시중에선 구하기가 쉽지 않았다.

그나마 대형 건설사 같은 경우엔 정부에 직접 줄을 대어 가격을 조정하기 때문에 로비만 잘하면 물건을 쉽게 구할 수 있었다.

하지만 중소기업들이나 개인 사업자들은 안 그래도 미친 듯이 치솟고 있는 철근과 콘크리트 값을 대느라 허리가 휠 지경인데, 몬스터 부산물도 대기업에 빼앗기는 신세가 되었다.

몬스터의 뼈는 철근으로 대체되고 이것을 갈면 콘크리트 대용으로도 사용할 수 있기 때문에 건설에 꼭 필요한 기자재가 되었다.

더군다나 전선의 피복이나 건물의 외벽을 마감하는 데 몬스터의 힘줄이나 가죽이 들어가 부산물은 거의 필수 자재가 되어가는 중이었다.

그럼에도 불구하고 대기업들의 사재기를 막아낼 법이 아직

제정되지 않아 건설사의 경기는 그야말로 개판이었다.

화수는 코카트리스의 부산물을 4천 5백만 원에 팔아치웠다.

여기서 수수료 5%와 가산금 1천 4백 50만 원을 뺀다고 해도 화수에겐 충분히 남는 장사였다.

'빚은 이것으로 대충 청산할 수 있겠군.'

화수의 가세가 슬슬 제자리를 찾을 수 있을 것 같다

*　　　*　　　*

대전 동부 경찰서 특수계.

동부서 특수계장 임영필 경감은 자신을 찾아온 시청 직원을 바라보며 고개를 갸웃거렸다.

"어디서 오셨다고요?"

"수렵팀에서 나왔습니다. 밀렵 신고는 이곳에서 하면 되는 거죠?"

"그, 그렇긴 합니다만……."

임영필 경감은 다짜고짜 자신을 찾아온 그녀에게 자초지종을 물었다.

"원래 밀렵은 시청에서 관리하는 것 아니었습니까?"

"그렇긴 하지요. 하지만 우리는 벌금만 때릴 수 있을 뿐 사법적인 조치는 이곳에서 한다고 들었습니다."

"흠, 좋습니다. 일단 밀렵의 규모에 대해서 들어보고 수사를 결정하겠습니다. 어디서 어떤 몬스터를 밀렵했지요?"

"계룡산에서 코카트리스를 밀렵했습니다."

"네, 잠시만……."

그는 컴퓨터로 코카트리스의 정보를 찾아내곤 화들짝 놀라서 그녀에게 물었다.

"어, 어?! 이, 이걸 밀렵했다고요?! 도대체 누가……?"

"누군지는 잘 몰라요."

그녀는 임영필에게 사진과 함께 지문이 찍힌 종이를 한 장 건넸다.

"지문 조회는 되죠?"

"으음, 알겠습니다. 일단 신원 조회를 해서 우리 쪽에서 수사하는 것으로 하겠습니다."

"…철저히 조사해 주세요. 만약 조사가 미흡하다 싶으면 중앙정부에 정식으로 청원을 넣겠습니다."

"물론이죠. 이게 우리가 할 일인데요."

임영필은 그녀에게 조사 서류를 한 장 건넸다.

"여기에 신고인 신원과 정보 취득 과정 등을 적어주세요."

"…알겠습니다."

그녀가 조사 서류에 정보를 기입하자 임영필은 그것을 복사하고 스캔하여 인터넷 정보망에 저장했다.

"자, 다 됐습니다. 이제 그만 가보셔도 됩니다."

"……."

"무슨 할 말이라도?"

"그놈이 잡힌다면 내가 삼자대면을 해야 합니까?"

"아니요. 그럴 필요는 없습니다. 어디까지나 당신은 참고인일 뿐이니까요."

"잘 알겠습니다. 그럼……."

임영필은 지문의 주인이 어디에 사는지 조회해 보았다.

[대전광역시 동구 자양동 산 5**ㅡ**번지]

"김 형사, 인원 꾸려서 자양동 좀 다녀와. 밀렵꾼이 산단다."

"예, 계장님."

형사 다섯 명과 의경 네 명이 자양동으로 출발했다.

*　　　　*　　　　*

대전 은행동의 안정규 사무실.

화수는 변호사와 함께 안정규의 사무실을 찾았다.

변호사는 안정규에게 채무 변제에 관한 법률을 고지하고 그에 맞는 절차에 따라 원금과 이자를 모두 상환했다.

"계좌 이체로 모두 상환했습니다. 자, 이젠 법적으로 아무런 문제가 없는 겁니다."

"그래요. 하아, 이제야 좀 살 것 같네!"

안정규가 홀가분한 표정으로 화수를 바라보았다.

"그래, 진즉 이렇게 갚았으면 얼마나 좋아? 은행에도 빚이 있다면서 사채까지 돌리면 패가망신하기 딱 좋지."

"그럼 당신과 나는 이제 아무런 상관이 없는 거죠?"

"당신? 에이, 무슨 말을 그렇게 하나? 하하, 화수야, 술이나 한잔할까?"

"됐습니다. 난 이만 가보겠습니다."

안정규가 화수에게 명함을 한 장 건넸다.

"혹시나 몰라서 주는 건데, 돈 필요하면 찾아와. 다음엔 이자 좀 낮춰줄게."

"……."

이젠 사채라면 지긋지긋해서 치가 다 떨리는 화수다.

"다신 볼 일 없을 겁니다."

"으음, 정말?"

"……."

"아무튼 잘 가라고. 아 참, 그리고 우리 귀염둥이 연수에게도 내가 참 많이 아쉽다고 전해주고."

'죽고 싶어서 환장한 모양이군.'

화수는 놈에게 받지 못한 빚이 남아 있었지만 오늘은 일단 돌아가기로 했다.

'그래, 지금 깽판을 부려봐야 합의금밖에 더 나가겠어?'

지금은 비록 저놈을 처단하지 못하고 돌아가지만, 화수는 그가 누나와 동생에게 한 행동을 잊지 않고 있었다.

그는 밤이 오기만을 기다렸다.

늦은 밤, 안정규는 대전역 동서 관통로를 걷고 있다.

뚜벅뚜벅.

동서 관통로는 대전역 동 광장과 서 광장을 잇는 지하터널로 몬스터의 출몰이 빈번한 곳이다.

인근 지구대에서 하루에 한 번씩 순찰을 나오지만 어디서 나올지 모르는 몬스터의 습격을 미연에 방지하는 것은 무척이나 힘들었다.

안정규가 이곳으로 들어온 것은 애인의 집으로 가는 길이 가장 가까웠기 때문이다.

휘이이잉!

"빌어먹을, 올 때마다 느끼는 것이지만 더럽게 을씨년스럽군."

사람이 빈번하게 죽어서 그런지 동서 관통로에서는 피비린내가 아주 연하게 풍겨 나오는 것 같았다.

안정규는 조금 두려운 마음에 담배를 한 대 피워 물었다.

치익, 치익.

"후우, 좀 낫군."

아무리 덩치가 크고 싸움을 잘한다고 해도 몬스터들의 습격에서 안전할 수는 없었다.

그는 공포를 억누르기 위해 담배를 피워댔다.

바로 그때, 안정규의 눈앞에서 믿기 힘든 일이 벌어졌다.

쨍그랑!

"어, 어?"

관통로 전역을 비추고 있던 형광등이 하나둘 깨지기 시작했다.

입구에서부터 차례대로 깨지기 시작한 형광등은 순식간에 안정규의 머리 바로 위까지 이어졌다.

따악!

"이, 이런 씨발!"

이곳에 CCTV가 있긴 하지만 형광등이 깨지면 주변에 무엇이 있는지 아예 식별할 수 없을 정도로 어두워진다.

아마 지금 안정규가 몬스터에게 습격을 당한다고 해도 CCTV는 아무것도 기록할 수 없을 것이다.

더군다나 경찰이 이곳으로 출동하자면 적어도 3~5분은 걸릴 테니 잘못하면 목숨을 잃을 수도 있었다.

그는 자신이 왔던 곳으로 다시 되돌아서 달리기 시작했다.

"허억, 허억!"

젖 먹던 힘까지 모두 다 쥐어짜 발을 내젓던 그는 순식간에 힘이 풀려 주저앉고 말았다.

쉬이이이이익!

"으윽, 으윽!"

마치 몸에 힘이 제대로 들어가지 않는 꿈처럼 다리가 말을 듣지 않았다.

답답한 마음에 소리를 질러보는 안정규다.

"사, 사, 사······!"

이상하게도 소리 역시 악몽의 그것처럼 마음껏 지를 수가 없었다.

바로 그때, 그의 머리 위로 뭔가 묵직한 것이 날아와 부딪

쳤다.

퍼억!

"크허억!"

안정규는 자신의 눈두덩을 타고 흐르는 피를 소매로 스윽 닦았다.

어떻게든 앞을 똑바로 보고 상황에 대처하기 위해서였다.

하지만 그의 노력은 부질없는 짓이었다.

빠악!

"끄아아아아악!"

어둠 속을 타고 날아든 검은색 물체는 그의 갈비뼈를 순식간에 두 동강 내버렸고, 안정규는 분수처럼 피를 토해냈다.

푸하아아악!

"쿨럭쿨럭!"

이윽고 검은색 물체는 그의 손가락 마디 하나하나를 아무렇게나 꺾어버렸다.

뚝, 뚝, 뚜두두둑!

"끄억, 끄어어어억!"

고통에 몸부림치던 안정규의 신음이 이제는 울음으로 바뀌기 시작했다.

"흑흑, 살려주세요! 씨발, 살려달라고요!"

"……."

몬스터인지 귀신인지 모를 검은색 그림자는 마침내 안정규의 다리마저 반대로 꺾어버렸다.

빠각!

"끄아아아악!"

이제 그는 더 이상 걷지도 못하고 손가락도 제대로 펴지 못하는 신세가 되어버렸다.

안정규가 자신의 목숨이 경각에 달렸다고 느꼈을 때쯤 경찰이 도착했다.

"이봐, 거기 누구야?!"

"사, 사……!"

"사람?! 사람 있어요?!"

그 순간, 검은색 그림자는 어둠을 타고 사라져 갔다.

쉬이이이이익!

그제야 안도의 한숨을 내쉬는 안정규. 그는 경찰들에게 손을 내밀었다.

"사, 살려주세요."

"세상에! 이게 도대체 어떻게 된 일이야?! 손가락이 제 마음대로 다 꺾여 버렸네?!"

"이 순경, 어서 구급차 불러! 미치겠군. 다리는 또 어떻게 꺾어놓은 거야?!"

"…살려주세요. 제발요."

"그래요. 이제 괜찮습니다! 조금만 더 참아요!"

안정규는 스르르 눈을 감았다.

＊　　　＊　　　＊

자양동의 달동네.

화수의 집에 오랜만에 활기가 넘치고 있다.

빚을 한 번에 탕감한 화수는 남은 돈에다 은행 대출을 좀 받아서 대전 외곽에 집을 한 채 마련했다.

비록 건축 연도가 15년도 더 된 2층 집이지만 세 남매는 그것만으로도 감지덕지 했다.

"흥~ 흥흥~"

"누나, 그렇게 좋아?"

"호호, 그럼! 세상에, 일이 이렇게 풀릴 줄 누가 알았겠어?!"

"그러게 말이야."

화수는 지성준과 함께 몬스터 출몰 지역을 청소해 주고 그들과 함께 계속 일한다는 조건으로 선금을 받았다고 설명했다.

그 돈으로 빚도 다 탕감하고 낡긴 하지만 꽤 아늑한 집까지 마련했다고 선의의 거짓말을 한 것이다.

화수가 또다시 수렵에 뛰어든 것을 알면 두 자매가 길길이 날뛸 것이 분명했기 때문이다.

그는 현우에게서 빌린 2톤 차량에 짐을 차곡차곡 싣고 마지막으로 화물용 포장까지 단단히 동여맸다.

"자, 다 됐다! 출발!"

"잠깐만, 여기만 좀 치우고."

"연수야, 적당히 하고 가자. 어차피 조만간 재개발된다잖아. 군이 네가 치우지 않아도 포클레인이 알아서 밀어버릴 거야."

"그렇지만……."

이 집은 남의 땅에 무허가로 건물을 올렸기 때문에 동네가 재개발되어도 보상을 받을 수 없었다.

급하게 집을 구하느라 미등기 건물을 구매한 화수는 언제고 시청 직원들이 자신을 쫓아낼 수 있다고 생각했다.

때마침 화수가 이사를 결정한 지 얼마 지나지 않아 마을에 재개발 공고가 붙었다.

만약 이사 갈 타이밍이 조금만 늦었어도 화수네 가족들은 거리에 나앉을 수도 있었다는 소리다.

'신이 도왔지.'

화수네 집 이사를 도와주러 온 현우가 차에 시동을 걸었다.

끼리리릭, 부웅!

"연수야, 그만하고 가자! 어서 가서 밥 먹어야지!"

"응, 알겠어요."

그제야 짐에서 손을 놓은 연수가 4인용 2톤 트럭에 몸을 실었다.

"자, 출발!"

빠진 것이 없나 한 번 더 확인한 화수가 조수석에 앉으려는 바로 그때였다.

"강화수 씨?!"

"……?"

"동부서에서 나왔습니다. 잠시 얘기 좀 하시죠."

"어디요?"

"동부서요. 이사 가시는 길인가요?"

"…네, 그렇습니다."

"이사를 도와주실 분이 있다면 맡기시고 서로 함께 가주시죠."

순간, 두 자매와 현우가 놀라며 차에서 내렸다.

"뭐야? 무슨 일이야?"

"아아, 별일 아닙니다. 그저 참고인 진술 정도 받는 것이니 걱정하실 필요 없어요."

"…무슨 참고인 진술을 이런 식으로 받아요? 당신들 영장은 있어요?!"

현우가 단단히 따질 각오로 경찰들을 밀어붙이자 화수는 그를 만류했다.

"…현우야, 누나랑 연수 데리고 먼저 가 있어. 금방 따라갈게."

"뭐야? 무슨 일이야?"

"그럴 일이 좀 있어. 일단 이사 좀 부탁하자. 지금은 아무것도 묻지 말고."

현우는 일단 자매를 차에 다시 태웠다.

"자자, 일단 가자고. 별일 아니래."

"뭐? 아무리 그래도 경찰이 찾아왔잖아. 이게 별일 아니라고?"

"요즘은 경찰에서 참고인을 임의동행하나 봐. 그러니까 일단 먼저 가 있자고. 조금 더 늦으면 길이 막혀서 두 시간 넘게 걸릴 거야. 신탄진으로 넘어가는 고가도로가 폐쇄되어서 회덕 분기점으론 차를 못 몰거든. 길을 에둘러 가자면 시간이 없어."

지수는 석연치 않은 표정으로 차에 올라탔다.

"…일단 네 말을 믿고 타긴 탄다만, 진짜 괜찮은 거지?"

"물론이지. 자, 가자고!"

현우가 두 자매를 데리고 산비탈을 내려가자 경찰들이 화수에게 수갑을 채웠다.

철컥!

"갑시다."

"그래요."

화수는 경찰차를 타고 대전 동부 경찰서로 향했다.

제8장
복잡한 인연

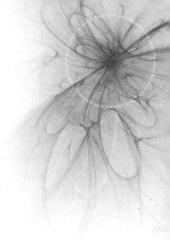

경찰서에 들어앉은 화수는 묵묵히 조사에 임하고 있었다.

"…그러니까, 기적적으로 암이 낫고 다시 수렵에 뛰어들었다는 소리인가요?"

"네, 그렇습니다."

"수렵한 물건은 어쨌어요?"

"인터넷으로 판매했습니다."

"사간 사람은요?"

"저도 잘 모릅니다. 익명으로 거래했거든요."

"아무튼 사간 사람은 몰라도 밀렵에 대한 혐의는 인정한다는 소리죠?"

"네, 그렇습니다."

형사는 안타까운 시선으로 화수를 바라보았다.

"아니, 군에서 상사로 전역한 사람이 왜 그런 짓을 했어요?"

"…그럴 만한 사정이 있었습니다."

"빚이 좀 많았나요?"

"식구들이 거리에 나앉을 판이었습니다."

"거참……."

그때 형사의 책상 위에 놓여 있는 전화기가 울렸다.

따르르릉!

"네, 동부서 특수계입니다."

차분히 전화를 받던 형사가 화수에게 수화기를 넘겼다.

"강화수 씨."

"예."

"전화 좀 받아봐요."

"……?"

전화를 받은 화수는 고개를 푹 숙인 채 말했다.

"네, 전화 바꿨습니다."

―강화수 상사, 잘 지냈나?

"…대령님?"

―이 사람, 사회에서 잘 사는 줄 알았더니 밀렵이 뭔가? 알 만한 사람이 왜 그랬어?

"……."

최성수 대령, 화수가 꿈에서도 잊어본 적 없는 사람이다.

"제가 경찰서로 온 것은 어떻게 아셨습니까?"

─잘 알잖나? 수렵 전담반 같은 특수 부대는 기무 사령부에서 특별 관리한다고. 자네가 무얼 하고 있는지에 대한 것은 대략적으로 파악이 가능하지.

"……."

─일단 만나서 얘기하지. 조금만 기다리게나. 내가 사람을 보내주겠네.

"만나서 무슨 얘기를 하겠습니까? 저는 죄를 지었고 벌을 받을 일만 남았는데."

─에이, 그럼 쓰나? 자네가 국가에 이바지한 것이 얼만데.

"…알아주시니 몸 둘 바를 모르겠군요."

최성수 대령은 화수를 스카우트했지만, 암에 걸리자마자 가장 먼저 퇴출 명령을 한 사람이다.

그는 부대원들을 마치 자신의 장기말처럼 여기는 사람으로, 부하들은 그저 소모품이라고 생각하는 인물이었다.

만약 그가 조금만 더 신경 써서 화수를 대했더라면 적어도 연금을 못 타는 일은 벌어지지 않았을 것이다.

화수는 그가 이번엔 또 무슨 소리를 하려는지 걱정되었다.

"그냥 모르는 척 지나가시죠. 저는 할 말 없습니다."

─아아, 자네는 말하지 않아도 괜찮아. 그냥 듣기만 하라고.

"……."

─그럼 형사 좀 바꿔주게.

전화기를 넘겨받은 형사가 화들짝 놀라며 자리에서 일어섰다.

척!

"처, 청장님! 근무 중 이상 없습니다!"

"······?"

"예, 그럼 지금 바로······!"

전화를 끊은 형사는 화수의 수갑을 풀고 조사서를 삭제해 버렸다.

"가서도 좋습니다."

"네, 네? 그게 무슨 소리입니까?"

"당신은 밀렵을 한 증거가 없으니 집으로 돌아가라는 소리입 니다. 그럼······."

화수는 입술을 짓깨물었다.

'나에게 또 무슨 짓을 하려고······.'

그가 경찰서를 나서는데 군용 차량 한 대가 화수를 맞이했 다.

"강화수 선배님?"

"···누구시죠?"

"특수전 사령부 소속 김예린 대위입니다."

"······."

"가시죠. 대령님께서 기다리고 계십니다."

그녀의 안내를 받아 차에 탄 화수는 대전 자운대로 향했다.

*　　　*　　　*

자운대 내에 위치한 자운 회관에 도착한 화수는 미리 자리를 잡고 있는 최성수 대령과 마주했다.

"어이, 강 상사! 오랜만이야!"

"……."

"앉게나. 식사나 하면서 얘기하자고."

화수는 떨떠름한 표정으로 자리에 앉았다.

그러자 회관병이 화수의 앞으로 주류와 함께 삼계탕을 한 그릇 가지고 나왔다.

최성수 대령은 화수에게 술을 한잔 마실 것을 권했다.

"한 잔 따르게. 자네는 원래 알아서 말아 먹는 것을 좋아하잖나?"

그는 맥주 조금에 소주를 가득 채워서 잔을 만들었다.

촤아아아아.

맥주의 탄산이 거의 없는 소맥을 말아놓은 화수가 최성수를 바라보며 말했다.

"…오늘 저를 보자고 하신 이유가 뭡니까?"

"일단 한 잔하지."

두 사람은 서로의 앞에 있는 잔을 모두 비웠다.

꿀꺽꿀꺽!

"크흐, 좋다! 자네도 안주 좀 먹게."

"시간 그만 끌고 할 얘기나 하시죠."

최성수는 멋쩍게 웃으며 화수를 나무랐다.

"이 사람 참, 아직도 내가 그렇게 미운가?"

"…믿고 자시고, 우리는 이제 더 이상 상관이 없는 사람들 아닙니까?"

"왜 상관이 없나? 내가 오늘 자네를 구해주었는데."

"……"

그는 화수에게 보고서 한 부를 건넸다.

"읽어보게."

"뭡니까?"

"이걸 읽어보면 내가 자네를 왜 불렀는지 알 수 있을 걸세."

화수는 그가 건넨 보고서를 펼쳐보았다.

[소백산 괴수 생태 보고서]

"소백산?"

"자네도 익히 알고 있다시피 한국에서 처음으로 몬스터가 발견된 곳은 소백산일세. 그곳에서부터 한국의 재앙이 시작된 것이지."

15년 전, 소백산 끝자락에서부터 하나씩 발견된 몬스터들이 지금의 넓은 분포도를 갖게 된 것이다.

화수는 몬스터가 발견된 지 얼마 지나지 않아 작전에 투입되었고, 수많은 위기를 겪으며 임무를 완수했다.

화수는 이 보고서가 소백산 생태계가 조금씩 변화하고 있음을 시사한 것임을 알 수 있었다.

"몬스터의 개체 수가 급증했다."

"아무래도 북극해 인근 수온이 급격하게 하락한 것과 관련해서 몬스터가 급증한 것이 아닌가 하는 의견이 많더군."

한때 온난화가 지구의 심각한 문제였다면 요즘엔 북극해의 수온이 이상하리만큼 하락해서 극지 생물들이 하나둘 죽어나가는 상황이었다.

학자들은 이를 두로 미니빙하기의 전조라고 말하고 있었지만, 몬스터 전문가들의 견해는 달랐다.

"놈이 움직인 겁니까?"

"아무래도."

화수의 표정이 급격하게 굳어갔다.

"…가설일 뿐이지 않습니까?"

"그건 그렇지."

한국 소백산에서 몬스터가 출몰하기 전, 북극해에선 크기 45미터의 초대형 몬스터가 발견되었다.

이 미확인 생명체는 주변의 온도를 평균 50도 이상 낮출 정도로 강력한 냉기를 머금고 있으며, 자연현상을 좌지우지할 수 있는 능력을 가진 것으로 밝혀졌다.

지금 북극 중심지의 온도가 급격하게 낮아진 것은 북극해의 깊은 심해에 놈이 단단히 자리를 잡고 있기 때문이었다.

이 몬스터가 자리를 잡고 세력권을 형성한 직후부터 몬스터가 창궐하여 전 세계로 넓게 분포해 나갔다.

하지만 몬스터가 과연 어떤 경로로 퍼져 나갔는지 알 수 있는 자료는 전혀 없어서 관련 조사는 아직 이뤄지지 않고 있었다.

"아무튼 북극해의 수온이 1도 낮아질 때마다 몬스터의 개체

수가 1.5배 정도 증가한다는 것은 거의 정설로 굳어졌다네. 그리고 최근 북극해의 수온이 3도 정도 낮아졌고."

"……."

"뭐, 아직까지 북극해 인근의 상황은 이렇다 할 단서가 없으니 일단 접어두고, 한국의 상황만 따져보자고. 소백산은 물론이고 지리산, 한라산 등 해발 1천 미터 이상의 산들에서 모두 몬스터의 급증 현상이 벌어지고 있네. 우리 정부도 이제 더 이상 그것을 좌시할 수 없다는 입장을 표명할 수밖에 없어졌어."

"그래서 저에게 하고 싶은 말씀이 뭡니까?"

"우리 군에 몬스터 전문 수렵팀 및 조사관이 필요하네. 그 직책을 자네가 맡아주었으면 좋겠어."

그는 화수에게 ID 카드를 하나 건넸다.

[준위 강화수]

"……?"

"일단 준사관 계급을 달고 재입대한 다음, 사관학교에서 소정의 교육을 받고 소령으로 임관하게. 국가에서 전시 임관 제도를 도입해서 자네를 준위로 재입대시키고 소령으로 특진시킨다고 하더군. 이번에 진급하면 임시 계급이 아니라 정식 계급으로 편제될 거야."

군대라면 이제 신물이 나는 화수이다.

그는 ID 카드를 다시 되돌려 주었다.

"됐습니다. 이제 더 이상 꼭두각시 노릇은 하지 않겠습니다."

"이 정도면 아주 파격적인 제안일세. 자네 나이에 학위 없이 소령 계급 다는 것이 가능한 일인가?"

"…다른 사람도 많습니다. 굳이 제가 아니더라도 할 사람은 많을 겁니다."

"그래, 사람은 많지. 하지만 자네만큼 몬스터에 대해 잘 아는 사람은 없지 않은가?"

"……."

"코카트리스를 다섯 명의 인원으로 잡을 수 있는 사람이 세상에 어디 있겠나? 자네만큼 유능한 수렵꾼이 또 어디에 있겠어?"

"됐습니다. 저는 관심 없습니다."

"그래? 자네는 괜찮아도 자네의 누나는 괜찮지 않을 텐데? 자네의 동생도 그렇고."

"…무슨 말씀입니까?"

"누나가 은행에 빚이 꽤 많더군. 동생 병원비는 계속 올라가고 말이야. 이대로라면 자네 누나는 다시 사채에 손을 댈 수밖에 없을 거야."

"……."

"어때? 지금 당장 감옥에 들어가면 집안이 풍비박산 나지 않겠어?"

화수는 속에서 천불이 올라오는 것을 느꼈다.

쾅!

"…지금 나를 협박하는 겁니까?!"

"협박이 필요하다면 해야지. 국가가 부르는데 자꾸 도망만

치면 쓰나? 내가 말하지 않았나? 지금은 전시에 준하는 상태라고. 사태를 해결하기 위해선 이보다 더한 일도 할 걸세."

화수는 더 이상 도망칠 길이 없다고 느꼈다.

"…내게 원하는 것이 재입대뿐입니까?"

"재입대와 함께 의무 복무 기간을 좀 늘리고 싶다고 하는데?"

"의무 복무 기간이요?"

"몬스터 사태가 종결될 때까지 자네는 군에서 나올 수가 없어. 갑자기 또 사라지면 곤란하니까."

"그게 무슨 말도 안 되는……."

"다만 우리는 자네에게 아주 특별한 권한을 줄 생각이네."

그는 화수에게 '몬스터 화학물 취급 전문가'라는 글귀가 적힌 라이선스를 내밀었다.

"이것을 자네에게 주고 화학물 취급 전문 기업을 차려주겠네. 어때? 이 정도면 꽤 괜찮은 제안 아니야? 군에서 생활하는 것도 위수지역을 딱히 두지 않겠어. 조사 일정이 하나 끝나면 휴가도 빵빵하게 줄 것이고."

"……."

"자네, 돈 필요하잖아? 게다가 동생 치료도 해줘야 하고. 군인 신분이면 병원비가 그리 많이 들지 않을 거야. 특히나 자네 같은 특수직은 혜택도 많고."

어차피 화수가 하려던 일을 합법적으로 하게 해주겠다는 그의 제안은 상당히 파격적이라고 할 수 있었다.

"자, 이래도 거부할 텐가?"

"…그래 봐야 국가의 개가 되라는 말 아닙니까?"

"장사를 허락해 준다는 뜻일세. 자네, 블랙마켓에서 물건 팔아가지고 얼마나 남겠나? 수수료 떼고 장사하면서 위험까지 감수할 수 있겠나? 자네, 이렇게 일하면 감옥에서 10년에 한 번씩 나와 일해야 할 걸세. 그래도 괜찮아?"

"……"

가난 때문에 선택한 수렵 전담반의 길이 다시 발목을 잡을 줄은 꿈에도 몰랐다.

이제 그는 또다시 죽을 때까지 국가에 목숨을 저당 잡혀 사는 신세가 될 것이다.

하지만 어쩌면 이것은 또 다른 기회가 될 수도 있을 것 같았다.

"좋습니다. 저에게 하신 제안들, 만약 하나라도 빠진다면 저는 더 이상 한국에 남지 않겠습니다."

"하하, 그래, 잘 생각했네!"

"대신 저에게 특권 하나만 더 주십시오."

"뭔가?"

"몬스터 토벌이나 조사에 필요한 인력은 제가 직접 선발하겠습니다. 필요하다면 사설 기관도 투입할 것이고요."

"마음대로 하게. 자네가 하고 싶은 대로 다 해. 다만 심각한 문제만 만들지 말게. 이를테면 자네의 탈영 같은?"

"…그럴 일 없을 겁니다."

그제야 최성수는 홀가분한 표정을 지었다.

"후아, 이제 되었군. 드디어 수렵 전담반의 팀장 자리를 넘겨줄 수 있게 되었어."

"……."

"자네도 알지? 내가 좀 바빴어야지."

그는 화수에게 악수를 청했다.

"수렵팀 팀장 강화수 준위, 훗날 소령으로 다시 보자고."

화수는 자신이 선택한 이 길이 양날의 검이라는 사실을 잘 알고 있었다.

'목숨과 맞바꾼 돈이라… 지독한 놈들이군.'

만약 다시 한 번 암에 걸린다면 그때도 지금처럼 목숨을 부지할 수 있을지 확신은 없다.

하지만 지금 화수가 할 수 있는 선택 중에서 이것은 분명 최선이었다.

＊　　　　＊　　　　＊

그날 밤, 화수는 최고급 꽃등심에 한우 갈비 세트를 들고 집을 찾았다.

자매는 화수가 가지고 온 고기에 화들짝 놀랐다.

"어머, 이게 다 뭐야?!"

"우와! 오빠, 이거 다 먹어도 되는 거야?!"

"물론이지. 선물로 받았어."

"헤헤, 선물로 이런 것을 다 주고, 그 사람들 진짜 착한 사람들인가 보다."

지수는 갈비 세트를 바라보며 지나가는 투로 말했다.

"그나저나 이 갈비, 네가 군 생활 하던 시절에 자주 가지고 오던 그것과 비슷하다."

"어라? 그러고 보니 그러네?"

"장교들 선물로 나온다는 그 갈비가 꼭 이렇게 생겼잖아."

화수는 어렵사리 입을 열었다.

"누나, 연수야, 잘 들어. 나, 다시 입대하기로 했어."

"……?"

"군에서 다시 들어와 달래."

지수는 이해가 가지 않는다는 듯이 물었다.

"네가 다시 군에 어떻게 들어가? 군에서 제대하면 그걸로 끝나는 것 아니야?"

"같은 부사관으로 입대하긴 힘들지. 하지만 준사관으로 재입대해서 소령으로 특진하면 생활이 가능해."

그녀는 갈비 세트를 집어 던졌다.

쿵!

"누, 누나!"

"…네가 어떻게 살아났는데 다시 군대를 가겠다고? 그놈들, 너를 사람으로 취급도 하지 않았잖아? 그런데 미쳤다고 다시 군대에 들어가? 차라리 내가 혼자 벌 테니까 가지 마."

"그게……."

화수는 그녀에게 자초지종을 설명했다.

그러자 그녀가 화수의 팔뚝과 가슴을 마구 쳤다.

퍽퍽!

"이 멍청아! 그냥 사는 대로 살면 되는 거지 뭐가 아쉽다고 밀렵 같은 것을 했어?! 그냥 너랑 나랑 공장이나 다니면서 살면 되지!"

"…어쩔 수 없었어. 잘못하면 우리 모두 길바닥에 나앉게 생겼는데, 그럼 어떡해?"

"……."

"소령 특진되면 회사도 하나 떨어진대. 앞으론 몬스터 시신 가지고 씨름하지 않아도 돼."

"…진짜 이 길밖에는 없는 거야?"

"내가 감옥에 가면 우리 가족은 어떻게 하겠어? 안 그래?"

"……."

화수는 지수의 손을 잡았다.

"누나, 이번 한 번만 눈 딱 감아. 내가 앞으로 빨리 진급해서 군에서 나오는 쪽으로 해볼게."

"휴우, 내가 죽어서 아버지, 어머니 뵐 낯이 없다."

"그런 소리 하지 마. 그래도 내가 장남인데 이 정도는 해야지."

연수는 화수의 팔을 붙잡으며 말했다.

"…오빠 또 전장으로 나가는 거야?"

"별것 아니야. 이젠 실전에서 뛰는 일보다는 사람 부리는 일을 더 많이 할 테니까."

"그래도……."

"걱정하지 마. 그래도 이젠 엄연히 장교야. 예전처럼 떨거지 취급은 안 받는다는 소리지."

"우와, 그럼 오빠도 멋있는 제복 입고 다니는 거야?"

"뭐, 그렇다고 볼 수 있지."

"헤헤, 그럼 난 찬성!"

"……."

"누나도 찬성해 줘. 그래야 내 마음이 편하지."

지수는 바닥에 흩어져 있는 갈비 세트를 다시 주워 담았다.

"…먹자. 선물로 들어온 건데 맛있게 먹어야지."

화수는 그녀에게 선물로 받은 최고급 양주 세트도 함께 건넸다.

"자, 대령님이 줬어."

"…술 하나는 제대로 줬네."

"자자, 한잔하자고!"

화수네 남매는 최고급 소고기로 한 상 가득 차려 만찬을 즐겼다.

*　　　　*　　　　*

다음 날, 화수네 집으로 입영 통지서가 날아들었다.

[입영 날짜: 6월 4일]

통지서를 받은 사람은 지수였다.

"화수야, 영장 나왔어."

"며칠 입대래?"

"6월 4일."

"한 일주일 남았군."

"그나저나 몇 달이나 들어가 있는 거야?"

"교육 기간은 3개월이야. 어차피 전시임관이라서 교육이라는 것이 별것 없어."

"그래."

"오빠, 그럼 3개월 동안 집에 못 들어오는 거야?"

"그렇다고 볼 수 있지."

"쿵."

화수는 입영 통지서를 바라보다가 이내 한 가지 결단을 내렸다.

"좀 이르지만 우리 피서 가자."

"피서?"

"서해 남부는 몬스터의 침공이 없었어. 그곳이라면 아마 관광하기엔 괜찮을 거야."

"흠, 하지만 공장을 빠져야 하는데?"

"며칠 빠져도 괜찮잖아? 은행 빚은 내가 군에서 받는 월급으로 차근차근 갚으면 되니까 조금 쉬어."

"그럼 그럴까?"

"내가 렌터카를 알아볼 테니까 두 사람은 바다에서 먹을 만

한 음식을 준비해 줘."

"아싸, 신난다! 언니, 난 닭갈비!"

"그래, 알았어. 장이나 보러 가자."

"좋아!"

화수는 렌터카를 알아보기 위해 동네 어귀로 향했다.

렌터카 회사를 운영하는 화수의 중학교 선배 최철진이 무상으로 차를 내주었다.

물론 연식이 아주 오래된 차이긴 하지만 취사 시설이 딸려 있는 캠핑카였다.

"운전은 할 줄 알지?"

"물론이죠."

"그나저나 암이 나았다니 정말 다행이다. 이것 참, 될 놈은 어떻게든 된 다니까."

최철진은 군인에 대한 로망이 있어서 화수가 입대할 때부터 그를 응원하며 물심양면으로 도와주던 고마운 사람이다.

화수는 그에게 국군 휴양지 티켓과 한우 세트를 건넸다.

"받으세요."

"에이, 우리끼리 왜 이래? 이러지 말자고."

"그러지 말고 받으세요. 군에서 나온 보너스니까 부담 갖지 않으셔도 됩니다."

"아하하, 그래? 군에서 나온 보너스라……."

어려서부터 몸이 약한 최철진은 직업군인을 꿈꾸었으나 뜻대로 되지 않았다. 그래서인지 그의 집엔 하나부터 열까지 모든 장식품이 군대와 관련된 것들이었다.

최철진은 어쩌면 화수로부터 대리만족을 하고 있는지도 몰랐다.

"그나저나 다시 군대로 들어간다면서? 어떻게 된 거야?"

"어쩌다 보니 그렇게 되었네요. 운이 좋았다고나 할까요?"

"우리 동네의 자랑인 강 상사가 재입대를 한다니, 잔치라도 해야 하는 거 아니야?"

"하하, 그 정도는 아닙니다. 아무튼 차 고맙습니다. 잘 쓸게요."

"그래, 무슨 문제 있으면 연락 주고."

"네, 고맙습니다."

화수는 차를 몰고 집으로 향했다.

*   *   *

전남 무안으로 가는 길.

한껏 들떠 있던 연수가 잠에 빠지는 바람에 차 안에 적막이 흐른다.

부르르르릉!

지수는 화수에게 앞으로의 일에 대해 물었다.

"재입대하면 앞으로 대우는 어느 정도 해준다고 그랬어? 그때처럼 합숙해야 하는 거야?"

"아니, 다른 직업군인처럼 집에서 출퇴근할 수 있어. 나 같은 경우엔 위수지역이 없어서 일하는 날이 아니면 자유롭게 살 수 있고."

"그래."

화수는 걱정이 태산인 누나의 손을 잡았다.

"너무 심란해하지 마. 그러면 내 마음이 안 좋잖아."

"…동생 두 번 죽이는 것 아닌가 싶은 마음뿐이야."

"그럴 일 절대로 없어. 내가 장담할게."

"……."

그녀는 동생 어깨에 손을 얹었다.

"…잘해. 너만 믿을게."

"그래, 내가 장남인데 두 사람을 등지고 어딜 가겠어?"

지수는 조용히 눈을 감고 잠을 청했다.

몇 시간 후, 화수는 전남 무안의 한 펜션을 찾았다.

웅성웅성!

아직 피서철이 아님에도 불구하고 무안 앞바다엔 사람이 넘쳐흐르고 있었다.

"원래 무안에 이렇게 사람이 많았던가?"

"서해안 피서지가 남아나지 않아서 그래. 지리적 특성 때문에 해군의 감시망 안에 포함 될 수 있기 때문이지."

"그렇구나."

지금 동해안 전 지역과 남해안 절반이 몬스터들의 수중으로 들어가 피서라는 것을 아예 즐길 수 없는 곳이 많았다.

이곳 전남 무안은 안전하게 피서를 즐길 수 있는 지역으로, 하루에도 수십만의 인파가 이곳을 찾았다.

"격세지감이라고 해야 하나? 우리 어렸을 때엔 이렇지 않았는데 말이야."

"별수 있나? 세상이 이렇게 돌아가고 있는데."

화수네 남매는 사람들이 붐비는 해안가보다는 휴양지에서 조금 떨어진 시골 마을에 차를 대고 그곳에서 하루를 보내기로 했다.

세 남매는 가장 먼저 무안의 수산 시장부터 찾았다.

촤라라라락!

"활어회 팔아요! 쌉니다! 맛보고 가세요!"

"조개, 소라, 전복, 개불, 멍게, 해삼 팔아요!"

요즘 몬스터의 횡포로 인해 출항이 제한되는 날이 많았지만, 이상하게도 어획량은 예전의 다섯 배에 달했다.

갯벌 생물 역시 그 수가 아주 많이 늘어나서 해산물값이 예년에 비해 절반가량 떨어져 있었다.

화수는 3만 원에 농어, 감성돔을 2㎏ 구매했다.

슥슥!

"얇게 떠주세요."

"예, 걱정하지 마십시오! 또 필요하신 것은 없습니까?"

"조개와 소라도 생물로 만 원어치 주시고 전복과 멍게, 해삼은 썰어서 2만 원어치 주세요."

"네, 알겠습니다!"

단돈 6만 원에 바닷가 횟집 풀코스 부럽지 않은 해산물을 산 화수네 남매는 즐거운 마음으로 야영지로 향했다.

"가자! 배 터지게 먹을 수 있겠다."

"레츠 고!"

오랜만에 세 사람 모두 들떠서 여행 분위기가 물씬 풍겼다.

*　　　　*　　　　*

그날 밤, 화수는 곤히 잠에 빠진 연수를 바라보고 있었다.

타닥, 타닥.

모닥불을 피워놓아서 그런지 연수는 아주 깊이 잠에 빠져들었다.

지수는 연수가 화수를 얼마나 기다렸는지 얘기해 주었다.

"네가 죽었다는 소식이 들리자마자 연수도 병원에 입원했었어. 그리고 네가 살아났다는 소식을 듣자마자 집으로 달려가서 너를 기다렸지."

"그랬군."

"앞으론 연수 기다리게 하지 마. 차라리 장가를 들어서 집을 나간다면 몰라도."

"후후, 누가 나 같은 놈한테 시집오겠어?"

"말이 그렇다는 거지."

그녀는 화수에게 자신이 가지고 있던 화수의 군번줄을 건녔다.

"자, 다시 줄게. 네 유품이라고 생각한 물건이야. 이젠 필요
없어졌으니까 가지고 가."

"그래, 고마워."

지수는 군번줄을 건네며 화수에게 다시 한 번 당부했다.

"…다시는 이런 일 겪게 하지 마."

"물론이지."

"너만 믿는다."

"믿어도 좋아."

그녀는 화수의 팔에 스르르 몸을 기대었다.

"편하다. 좋구나, 이런 평온함."

"우리가 너무 각박하게 살아와서 그런지 난 평온이 이상하게
느껴져."

"앞으론 적응해. 자주 이렇게 쉬러 오자."

"그래."

남매는 오랜만에 서로의 온기를 느끼며 밤을 보냈다.

제9장
또 다른 시작

6월이 시작되는 날, 화수는 배낭을 메고 대전 자운대를 찾았다.

자운대에는 3사관학교와 간호학교 등 각 군의 장교들을 육성하고 부사관들을 교육시키는 시설이 위치해 있었다.

화수는 그중에서 장교들의 전술 훈련과 무기의 숙달 등을 가르치는 기본 훈련 과정에 참여하기로 했다.

부사관 학교에서 이미 6개월 동안 군인 훈련을 받은 화수지만 형식상 장교가 되기 위한 과정을 거쳐야만 했다.

준위 계급장을 달고 자운대를 찾은 화수에게 김예린 대위가 찾아왔다.

척!

"충성! 선배님, 다시 만나게 되어 반갑습니다!"

"충성."

아직 소령으로 정식 임관된 것이 아니기 때문에 현재 김예린은 화수의 상관이다. 하지만 군에서 대위가 준위에게 반말을 하는 경우는 드물다. 그리고 그녀가 화수에게 존대를 쓰는 이유는 따로 있었다.

"오늘부터 함께 생활하시게 될 겁니다. 그리고 군에서 전역하는 날까지 선배님과 함께 행동하게 될 것이고 말입니다."

"나와 함께 뭘 한다고요?"

"생활 말입니다. 저는 앞으로 수렵 전담반 부팀장으로 선배님을 보좌하게 될 겁니다. 필요한 것이 있으면 제게 말씀하시면 됩니다."

"필요한 인력은 제가 알아서 배속시키는 것으로 조건을 걸었습니다만?"

"제가 필요치 않다면 빼시면 됩니다."

"……"

그녀를 잘 알지는 못하지만 아직까지 장교들과 생활하는 것이 썩 마뜩잖은 화수였다.

"…뭐, 좋습니다. 잘해봅시다."

김예린은 화수를 데리고 훈련소장의 집무실로 향했다.

"소장님께 직접 보고 드리고 우리 숙소로 가시면 됩니다."

"우리 숙소?"

"말씀드렸다시피 이제부터 훈련 기간이 끝날 때까지 우리는 함께 생활합니다. 그게 대령님의 명령입니다."

"……."

"가시죠."

"남군과 여군은 따로 생활하는 것이 원칙 아닙니까?"

"준위님도 현역 시절 여군들과 함께 숙소를 사용한 것으로 알고 있습니다만?"

"그건 팀워크를 위해서……."

"이 또한 팀워크를 위한 겁니다."

"아니, 그때의 상황은 어쩔 수가 없었습니다. 몬스터를 수렵하는 현장이 그렇게 호화로운 줄 알아요? 그때의 막사는 남녀가 따로 생활할 만한 환경이 아니었단 말입니다."

"지금도 따로 생활할 만한 상황이 아니라고 알고 있습니다."

도무지 말이 통하지 않는다.

"허 참, 누가 보면 욕합니다. 이게 무슨 팀워크를 위한 일입니까?"

"상부의 명령입니다. 그냥 따르시죠."

화수는 김예린이 왜 이렇게 화수와의 동거에 집착하는지 어렴풋이 알 것 같았다.

최성수 대령은 화수를 다시 군에 들이고도 완전히 믿지 못한 것이다.

아마도 그녀는 화수를 감시하기 위한 하나의 방책일 터였다.

'여전히 의심이 많은 양반이군.'

찜찜하긴 하지만 그렇다고 명령을 거역할 수는 없었다.

"후우, 좋습니다."

"가시죠."

첫 단추부터 잘못 끼웠다가 평생 최성수 대령에게 끌려다니는 것은 아닌가 싶은 화수다.

하지만 이미 벌어진 일, 이젠 어쩔 수 없었다.

그는 순순히 그녀를 따라서 교육단장 집무실로 향했다.

*   *   *

교육단장 이강용 준장은 화수 역시 잘 아는 인물이다.

척!

"충성!"

"그래, 잘 지냈나?"

"예, 그렇습니다!"

"위암 말기 판정을 받은 것으로 기억하는데, 완쾌된 것인가?"

"…물론입니다."

"다행이군. 우리 군에 자네만 한 전문가도 없어. 다시는 건강 잃고 군에서 나가는 일 없도록 하게."

"예, 알겠습니다."

이강용은 원래 수도 방위 사령부 소속 수렵 전담 부대의 참모장이었는데, 당시 화수에게 꽤 많은 도움을 받았다.

그는 화수를 전 군 최고의 인재로 생각하고 있었고, 이번 전시임관 및 특진 역시 쌍수를 들고 반기는 사람 중 하나였다.

"부사관으로 10년을 넘게 생활하고서 장교들과 살 부대끼며 살기가 쉽지는 않을 거야. 그래도 하나의 과정이려니 생각하게."

"군대는 다 똑같다고 생각합니다. 걱정 안 하셔도 됩니다."

"뭐, 자네의 능력이야 전 군이 다 알고 있으니 큰 걱정은 안 하네. 다만 언짢은 일이 발생하게 되면 내가 자네에게 미안해서 그렇지."

"그러실 필요 없습니다. 말씀하신 것처럼 하나의 과정일 뿐입니다."

"그래, 그렇게 생각하면 고맙고."

그는 화수에게 자운대 출입증과 ID 카드를 건넸다.

"통행하는 데 필요할 걸세. 자네는 우리 부대에서 위탁 교육을 받는 상황이기 때문에 ID 카드가 꼭 필요할 거야."

"감사합니다."

"혹시 더 필요한 것이 있다면 말하게."

"개인적인 부탁도 들어주실 수 있습니까?"

"개인적인 부탁?"

"수럽 전담반 전우들을 찾고 싶습니다. 수소문해 주실 수 있겠습니까?"

"으음, 쉽지 않은 부탁인데… 알다시피 기무 사령부에선 전역 특수 부사관들에 대한 관리를 철저히 하고 있거든."

"중령 시절에 기무 사령부를 거치신 것으로 알고 있습니다. 어떻게 안 되겠습니까? 최성수 대령은 협조해 주지 않을 것 같아서 그렇습니다."

그는 어렵사리 고개를 끄덕였다.

"뭐, 자네가 부탁한다면야 들어줘야지. 내가 알아볼 수 있는
데까지 알아보겠네."

"감사합니다!"

"하지만 장담은 못 하네. 특히나 김재성 중사나 이예진 중사
같은 경우엔 한국 국적을 포기하고 미국으로 건너갔으니까."

"괜찮습니다. 소재만이라도 알아봐 주신다면 제가 추후에
그들을 찾아가면 됩니다."

"그래, 알겠네. 돌아가서 훈련받고 있게나. 내가 알아봐 줌
세."

"감사합니다!"

척!

"충성!"

"그래."

경례를 붙이고 돌아서는 화수에게 이강용 준장이 말을 덧붙
였다.

"아 참, 그리고 자네의 전우조에 소위 하나 들어갈 걸세. 잘
부탁해."

"소위 말입니까?"

"햇병아리야. 살살 다뤄줘."

"……?"

자세한 내막은 알 수 없었지만, 화수는 그의 부탁에 고개를

끄덕일 뿐이었다.

*　　　　　*　　　　　*

그날 저녁, 화수는 자신의 앞에 선 소위를 어처구니없다는 표정으로 쳐다보고 있다.

"이봐, 준위, 소위를 봤으면 경례를 붙여야 할 것 아닌가?!"

"……."

"어이!"

그는 소위의 가슴에 붙은 명찰을 바라보았다.

[강하나]

화수는 깊은 한숨을 내쉬었다.

'…뭐 하나 쉬운 것이 없군. 햇병아리 소위라더니 여자였어.'

강하나 소위는 이곳에서 위탁 교육을 받는 인원이기 때문에 일반 여군 막사에선 생활이 불가능했다.

스케줄이 전혀 다른 막사에서 생활하게 된다면 분명 애로 사항이 발생할 것이고, 전산에도 오류가 발생하기 때문이다.

자동적으로 빈 막사를 찾아서 배정된 그녀는 어처구니없게도 비공식 생활관인 화수의 내무반으로 배정되었다.

아마도 그녀 역시 화수처럼 전시임관이 되었거나 특별한 사연으로 인해 이곳으로 온 것이 틀림없었다.

"뭐 해?! 경례 안 나오지?!"

"…정말 위아래 구분이 안 되는 녀석이군."

김예린은 똥인지 된장인지 구분을 못하는 그녀를 타박하려 했으나, 화수의 만류로 그만두었다.

'그만, 그만하시지요.'

"……."

화수는 그녀에게 경례를 올렸다.

척!

"충성!"

"흥, 이제야 경례를 올리는군."

그녀는 화수가 경례를 붙였으나 10분이 넘도록 받아주지 않았다.

바스락바스락.

"룰루랄라~"

"……."

화수를 망부석처럼 세워두고 자신의 짐만 풀고 있는 그녀에게 김예린이 소리쳤다.

"어이, 강 소위, 지금 이게 뭐 하는 짓인가?!"

"아, 죄송합니다. 제가 깜빡 잊고 짐부터 풀고 있었습니다. 쉬엇!"

그제야 손을 내린 화수는 그녀의 프라이드가 얼마나 높은지 겪어보지 않아도 알 것 같았다.

'그래, 그럴 때가 분명 있지.'

이제 막 스무 살이나 되었을 법한 그녀의 행동은 화수에게 있어선 그저 귀여운 앙탈에 불과했다.

잠시 후, 생활관에 노크 소리가 들렸다.

똑똑.

"잠시 들어가겠습니다."

"……?"

"충성!"

경례를 하고 들어온 사람은 소위 계급장을 단 남자였다.

"선배님들, 이제 식사를 하시고 야간 교육을 받으실 겁니다. 준비하시죠."

"누구십니까?"

"저는 제1 특수 생활관을 담당하고 있는 훈육교관 이성찬 소위입니다. 앞으로 삼 개월 동안 잘 부탁드립니다."

"말씀은 들었습니다. 잘 부탁합니다."

"아닙니다. 저야말로 선배님 같은 전설을 눈앞에서 뵐 수 있게 되어 영광입니다."

"뭐, 그런 말씀을……."

"아무튼 필요한 것이 있으면 뭐든 말씀해 주십시오. 제가 힘닿는 데까지 한번 구해보겠습니다."

"감사합니다."

그는 화수에게 경례를 올렸다.

척!

"그럼 편안히 준비하십시오. 저는 30분 후에 다시 오겠습니다."

"고맙습니다."

이성찬이 나간 후, 강하나가 화수의 얼굴을 뚫어지게 쳐다보고 있다.

"…뭐지, 이 요상한 분위기는?"

"별것 아닙니다."

"식사나 하러 가시지요."

화수는 두 사람과 함께 간부 식당으로 향했다.

*   *   *

식사가 끝난 후, 야간 교육장으로 이동한 화수는 담당 교관과 마주했다.

척!

"충성! 반갑습니다, 선배님!"

"반갑습니다."

"교육을 담당하게 된 최선필 대위입니다. 잘 부탁드립니다."

"저야말로."

강하나는 아까부터 계속 화수에게 존대를 사용하는 이들을 이해할 수 없다는 듯이 바라보았다.

"대위님, 질문이 있습니다."

"대위님이 아니라 교육 담당관이다."

"시, 시정하겠습니다!"

"그리고 질문은 내가 질문을 받겠다고 하면 하는 것이다."

"죄, 죄송합니다!"

"자네, 이름이 뭔가?"

"소위 강하나!"

"강하나 소위, 질문하게."

"아까부터 다들 왜 강화수 준위에게 쩔쩔매는 것인지 모르 겠습니다. 꼭 저만 이상한 사람이 된 것 같은 기분이 듭니다. 이유가 뭡니까?"

최선필은 어이가 없다는 눈초리로 그녀를 바라보았다.

"…지금 그걸 말이라고 하는 건가?"

"……?"

"자네, 군에 몇 년 있었나?"

"임관 6개월이 지났습니다."

"강 준위 님이 군에 몇 년이나 계셨을 것 같나?"

"그거야……"

"이분은 우리 군의 자랑이다. 자네가 고개 빳빳이 쳐들고 볼 수 있는 그런 사람이 아니란 말이다."

"……"

"아 참, 그리고 모르는 것 같으니 말해주지. 강화수 준위님께 선 3개월 후에 소령으로 특진되신다. 한마디로 지금 이분은 소 령 진이라는 소리지."

"……!"

그는 실소를 머금고 말했다.

"후후, 한마디로 말해두지. 자네, 군 생활 완전히 꼬였어."

강하나가 입을 떡 벌리고 화수를 바라보자, 그는 어깨를 으쓱해 보였다.

"저, 저……."

"그럼 교육 시작하시지요."

"아아, 그럼 그렇게 하겠습니다. 이번 시간은 공격 전술에 대해서 공부할 것입니다. 준위님도 익히 아시겠지만 야전에서 가장 중요한 것은……."

화수는 아주 진중한 얼굴로 수업에 집중하고 있었지만 강하나는 금방이라도 눈물을 흘릴 것 같은 얼굴이다.

그는 굳이 그녀를 구제해 줄 생각이 없었다.

'고생 좀 하겠군.'

화수는 이것이 그녀를 위한 신고식이라고 생각했다.

*　　　*　　　*

보름 후, 자운대 제1 특수 내무반에 기상나팔이 울려 퍼졌다.

빰빠바바바밤!

─기상, 기상입니다. 교육생들은 아침 점호 복장을 갖추고 연병장으로 집합하십시오.

아침이 밝자마자 강하나가 자리에서 벌떡 일어섰다.

"기상입니다! 선배님, 기상하십시오!"

"으음……."

혼자서 부산스럽게 침구류를 정리하고 전투복을 챙겨 입는 그녀를 바라보며 김예린이 말했다.

"어이, 강하나."

"소위 강하나!"

"너는 왜 아침부터 소란을 떨고 난리야? 내무실에 불이라도 났나?"

"아, 아닙니다!"

"그런데 왜 자꾸 소란을 떨어? 누가 보면 전쟁이라도 난 줄 알겠네."

"죄, 죄송합니다!"

"죄송할 짓을 왜 하나?"

"…시, 시정하겠습니다!"

화수는 아침부터 그녀를 쥐 잡듯이 잡는 김예린에게 말했다.

"아침부터 너무 잡으면 쓰겠습니까? 그만하시죠."

"예, 알겠습니다."

강하나는 화수의 침대 앞에 차가운 물이 담긴 컵을 가져다 놓았다.

"헤헤, 아침이니 냉수 한 잔 드시죠. 정신이 번쩍 날 겁니다."

"감사합니다."

그녀는 어디서 본 것은 있는지 화수가 아침에 기상하면 가장 먼저 기상을 외치고 내무실을 깔끔하게 정리했다.

그리고 정수기에서 찬물을 한 잔 떠서 화수의 침상 앞에 가져다 놓고 그의 전투화를 깔끔하게 닦아주었다.

이것을 끝내는 데 걸리는 시간이 불과 5분 남짓이었다.

화수는 볼 때마다 이런 짓을 하지 말라고 충고했으나, 그녀는 자신이 좋아서 하는 것이라며 말을 듣지 않았다.

아무래도 화수와의 껄끄러웠던 첫 대면이 못내 마음에 걸린 모양이다.

똑똑.

이성찬 소위가 당직 완장을 찬 채 내무실로 들어섰다.

"기상하셨습니까?"

"고생이 많으십니다."

"하하, 별말씀을 다 하십니다."

그는 화수와 김예린의 근무를 대신 서느라 이틀에 한 번씩 당직 근무에 투입되었으나 군소리 한 번 하지 않았다.

"오늘 아침은 콩나물 해장국입니다. 식당에서 드시겠습니까?"

"그게 좋겠군요."

"그럼 인솔하겠습니다. 따라오시지요."

특수 내무반 훈련생을 타 훈련생과 마주치지 않게 한다는 것이 교육단장의 지침이었기 때문에 이성찬이 매일 고생이었다.

화수는 교육이 끝나면 그에게 작은 포상이라도 하나 챙겨줄 생각이다.

"하나, 둘, 셋……."

교육 분대를 이끌고 식당으로 가던 이성찬이 화수에게 말했다.

"그나저나 선배님, 오늘 당직사령이 식사가 끝나면 선배님을 좀 뵙자고 하셨습니다."

"저를 말입니까?"

"예, 아무래도 심정 지하 수로에 문제가 생긴 것 같았습니다. 선배님께서 해결해 주셔야 할지도 모르겠습니다."

"흠……."

그는 조금 불편해 보이는 화수의 표정을 재빨리 살폈다.

"마, 만약 불쾌하셨다면 죄송합니다! 당직사령이 아직 뭘 잘 몰라서……."

"아닙니다. 심정이 고장 나면 우리 모두 다 힘들어지는 것 아닙니까?"

"그건 그렇지만……."

"식사를 끝내고 그곳으로 함께 가시죠."

자운대엔 수렵을 전담하는 교육기관이 이제 막 생겨나서 비상사태가 발발해도 특별히 조치를 취하기가 힘들었다.

그나마 화수가 종종 몬스터를 소탕해 주어 이번 달에는 별 탈 없이 넘어갈 수 있었다.

화수는 서둘러 식사를 끝내고 당직사령실로 향했다.

＊　　　＊　　　＊

자운대 당직사령실.

척!

"충성!"

"고생이 많으십니다."

"아닙니다. 바쁘신데 이렇게 모시게 되어 저로서도 참 유감입니다."

"별말씀을요."

당직사령 이재진 대위는 화수에게 오늘 새벽에 감지된 지하 수로의 진동과 적외선센서의 분석표를 내밀었다.

"당직실 슈퍼컴퓨터에 의하면 적색 신호, 즉 미확인 생명체입니다."

"크기가 꽤 큰 것 같습니다. 이 정도면 적어도 20급에서 18급 정도 되겠습니다."

"크, 큰 겁니까?"

"아닙니다. 단일 개체의 등장만으로 본다면 그리 큰 문제는 아닙니다."

"그, 그런 겁니까?"

"하지만 문제는 자운대 수로에 왜 자꾸 몬스터가 등장하냐는 것 아니겠습니까?"

"으음."

"지하 수로가 어디서부터 이어져 오는지 알고 계십니까?"

"저는 잘 모릅니다. 아마 공병대가 지하 수로의 지도를 가지고 있을 겁니다."

"그렇다면 공병대에게 지하 수로의 지도 공유를 요청해 주십시오. 아무래도 근본부터 뿌리를 뽑는 것이 좋을 것 같습니다."

자운대는 건축 연도가 꽤 된 데다 산과 계곡이 병풍처럼 둘러싸여 있어서 몬스터의 출몰이 충분히 있을 수 있었다.

하지만 소백산 사태가 터지고 난 후 가장 먼저 몬스터들을 사냥하여 주변을 정리하고 주기적인 수렵까지 벌인 이곳에 몬스터가 있다는 것은 비정상적인 일이었다.

화수는 이번 수렵을 끝내면 이곳을 조사하여 근본부터 고쳐 볼 생각이다.

몇 시간 후, 공병대가 화수에게 지도를 전달해 왔다.

"지하 수로 지도입니다. 아마 배관을 교체하고 수로를 보수한 것 말고는 건축 원년과 별반 달라진 것이 없을 겁니다."

"으음……."

화수는 지하 수로의 지도를 아주 유심히 관찰했다.

자운대의 지하 수로는 대단지의 오폐수를 모두 한곳에 모아서 대전 종말처리장으로 직접 보내도록 되어 있다.

자운대와 갑천과의 거리가 그리 멀지 않기 때문인데, 잘하면 원촌동 처리 시설에서 몬스터가 유입되었을 가능성도 있었다.

유성구와 서구의 경계라고 볼 수도 있는 갑천변에는 심심치 않게 대형 몬스터가 출몰한 터라 확률이 꽤 높다고 볼 수 있었다.

화수는 당장 하수구를 열고 안으로 들어가 보기로 했다.

"수렵을 준비해야겠습니다."

"길잡이가 필요하면 말씀하십시오."

"지하 수로에 대해 잘 아는 사람을 붙여주십시오."

"마침 대전 도시계획과에 파견되었던 장교가 한 명 있습니다. 지하 수로 재개발을 위해서 협조했으니 큰 도움이 될 것 같습니다."

"감사합니다."

그는 김예린에게 사냥을 준비시켰다.

"갑시다. 총기 챙기고 다시 이곳으로 집결합니다."

"예, 팀장님."

화수와 김예린 대위가 각종 장비를 착용하러 가는 길에 강하나가 따라왔다.

"서, 선배님!"

"뭡니까?"

"저, 저도 함께 가고 싶습니다!"

"어디를 말입니까?"

"지하 수로에 함께 따라가고 싶습니다!"

김예린은 그녀에게 따끔하게 일침을 가했다.

"지하 수로는 지상과 달라. 잘못하면 다 죽는다. 너 하나 때문에 우리가 고생을 해야겠어?"

"그, 그건……."

화수는 강하나에게 동행에 대한 이유를 물었다.

"우리와 함께 가려는 이유가 뭡니까?"

"…차후 수렵 전담반에 지원할 겁니다! 그래서 육사를 졸업하자마자 자운대 특별 교육단에 지원했습니다!"

"수렵 전문가를 꿈꾸는 꿈나무란 말입니까?"

"네, 그렇습니다!"

화수는 그녀가 왜 자신과 같은 생활관에서 지내는지 이제야 알 것 같았다.

아마도 교육단장은 그녀가 화수에게서 배울 것이 많을 것이라 생각하여 특별히 합숙을 시킨 모양이다.

'단장님의 뜻이 그러하다면 데리고 가야지.'

그는 강하나에게 말했다.

"장비 챙기는 데 5분 주겠습니다."

"가, 감사합니다!"

중앙 통제실로 달려가는 강하나를 바라보며 김예린이 걱정스러운 표정으로 물었다.

"저 애송이를 데리고 가도 괜찮겠습니까? 저 같은 초보 하나만으로도 충분히 거추장스러우실 텐데요."

"누구에게나 처음은 있습니다. 저도 처음부터 이 방면에 전문가였던 것은 아닙니다. 시행착오가 많았지요."

화수에게 사냥을 가르쳐 준 사람은 아무도 없었다.

그는 그저 자신과 동료들이 목숨을 걸고 얻은 경험을 토대로 지금의 위치에 오른 것이다.

맨몸으로 이곳까지 온 화수지만 새로 자라나는 꿈나무는 고생하지 않기를 바라고 있었다.

화수와 김예린이 총기를 꺼내고 있을 무렵, 강하나가 두 사람의 장비까지 모두 챙겨서 나왔다.

"서, 선배님, 준비 끝났습니다!"

"제법입니다."

"감사합니다!"

"좋습니다. 긴장의 끈을 놓지 말고 살아서 돌아옵시다."

화수는 장비 점검을 마친 후 지하 수로로 향했다.

*　　　　*　　　　*

똑똑!

물방울 떨어지는 소리가 울려 퍼지는 지하 수로에 몬스터의 타액으로 보이는 액체가 둥둥 떠다니고 있다.

"어서 제거하지 않으면 수질이 오염되겠습니다."

"놈이 어떤 종인지 가늠할 수 있으시겠습니까?"

"정확히 알 수는 없습니다만, 타액을 이렇게 흘리는 것으로 미루어보아 뱀과의 몬스터가 아닐까 싶습니다."

"뱀과라……."

"보티스나 라미아 같은 녀석들이 대표적이겠지요."

보티스는 거대한 뱀의 몸통에 악마의 머리가 달린 추악한 형상의 몬스터이다.

주로 지하 수로나 동굴에 기거하는데, 뿔과 엄니에서 강산성 물질을 뿜어내는 것이 특징이다.

라미아와 보티스는 각각 암컷과 수컷밖에 존재하지 않기 때문에 라미아와 보티스가 만나 짝짓기를 하여 수정하는 것으로 알려져 있다.

만약 이곳에 보티스가 살고 있다면 몇 마리의 라미아가 주변을 어슬렁거리고 있을 확률이 높았다.

화수는 타액이 남긴 흔적을 따라서 천천히 걸었다.

촤륵, 촤륵.

지하 수로 가득 차 있던 염소 냄새가 사라질 즈음 슬슬 지독한 악취가 풍겨오기 시작한다.

"우, 우욱!"

"…비린내가 심합니다."

"근처에 라미아의 둥지가 있다는 뜻이지요. 아마 보티스와 라미아가 짝짓기를 하여 새끼를 잉태한 모양입니다."

"그렇다는 것은……."

"근방에 적어도 열 마리가 넘는 몬스터가 있다는 뜻입니다."

화수는 일행에게 경고했다.

"새끼가 태어날 즈음의 몬스터는 흉포합니다. 자신이 동원할 수 있는 모든 수단을 동원하여 사람을 죽이기 때문에 까딱 잘못했다간 전부 줄초상입니다."

꿀꺽!

"바짝 긴장하고 제가 지시하는 대로 움직이십시오."

"알겠습니다."

화수는 공병대 장교까지 총 네 명의 인원을 둘로 나누어 지하 수로 양쪽 끝에 서도록 지시했다.

그는 방패를 들고 지하 수로 중앙에 섰다.

척!

"제가 선봉입니다. 신호를 하면 라미아든 뭐든 그냥 냅다 쏘면 됩니다. 아시겠습니까?"

"네, 알겠습니다."

화수의 경고가 떨어지기 무섭게 어둠을 뚫고 크고 미끈미끈한 몸체를 가진 라미아가 천장을 타고 내려왔다.

쉬이이이이익!

─캬아아아아악!

"왔다!"

천장과 바닥을 잇는 기둥을 휘감으며 내려온 라미아의 크기는 아무리 작게 잡아도 5미터는 족히 되는 것 같았다.

사사사사사삭!

"빠르다!"

"…조심하십시오!"

물에 빠져 죽은 여인 같은 얼굴을 한 라미아가 검은색 혓바닥을 삐쭉 내밀었다.

─퉤!

어찌나 산도가 강한지, 주변의 공기를 태워 녹색 연기를 만들어내는 라미아의 분비물이다.

"좌우로 밀착!"

화수는 동료들이 좌우로 밀착하는 동안 방패로 라미아의 분비물을 받아냈다.

치이이이익!

두께 10㎝의 방패가 흐물흐물해질 정도로 강력한 분비물을 일행 중 한 명이 맞았다면 곧바로 황천길에 올랐을 것이다.

화수는 곧바로 반격을 준비했다.

"사격 개시!"

두두두두두두!

후방의 소총이 불을 뿜자 그는 천장에서 내려온 라미아의 머리에 장을 쳤다.

"허업!"

콰앙!

―크헥!

화수는 일장에 배를 까뒤집고 나자빠진 라미아의 대가리에 대검을 박아 넣었다.

퍼억!

―끄웨에에엑!

푸하아아아아악!

사방으로 튀어 오른 라미아의 녹색 혈액이 벽을 타고 흘러내렸다.

화수는 곧바로 좌측으로 병력을 모았다.

"이제 곧 놈들이 몰려올 겁니다. 좌측으로 붙어 방어합시다."

"예!"

화수는 라미아의 심장에서 코어를 꺼내 챙겼다.

좌락!

"3㎝라니, 싱겁군."

주머니에서 C4를 꺼내 든 화수는 코어에 폭약을 연결하였다.

코어는 C4가 화염을 내뿜을 때 거대한 시너지 효과를 주어 네이팜탄과 같은 위력을 발휘하게 된다.

그가 한쪽으로 병력을 몰아넣은 것도 불길에서 아군을 보호하기 위함이었다.

화수는 오늘 보티스의 씨를 말릴 생각이다.

잠시 후, 라미아의 두 배에 달하는 엄청난 크기의 보티스가 등장했다.

─키햐아아아아아악!

노란색 눈동자와 이마를 뚫고 나온 뿔까지 보티스는 지옥불에서 막 걸어 나온 악마와 같은 모습을 하고 있었다.

쉬이이이익!

똬리를 튼 보티스의 곁으로 열다섯 마리의 라미아가 자리했다.

"숫자가 꽤 많습니다만?"

"별수 없습니다."

화수는 엄호사격을 요청했다.

"전원, 사격 개시!"

두두두두두두!

팀장의 명령에 따라 일제히 사격하는 소총수들을 향해서 보티스가 물을 타고 쇄도했다.

파바밧!

"너, 너무 빠릅니다!"

"…괜찮습니다!"

화수는 건곤대나이로 보티스의 가속도에 내공을 더해서 발경을 뻗었다.

쉬익, 퍼엉!

콰아아앙!

—끄웨에에엑!

화수는 기절해 버린 보티스의 목덜미에 코어가 달린 C4를 설치했다.

삐비비비비빅.

[설치 완료. 카운트: 3초]

삑, 삑, 삑.

설치가 끝나긴 했지만 열다섯 마리의 라미아는 아직 불길에 몸이 불타지 않았다.

일행은 화수를 향해 아가리를 벌리는 라미아에게 총을 난사했다.

두두두두두!

—키헤에에에엑!

라미아들이 미친 듯이 화수를 향해 달려올 때쯤 보티스가 눈을 떴다.

—끼에에엑?

폭파 카운트가 거의 다 끝날 때쯤 화수가 외쳤다.

"엎드려!"

일동이 화수의 신호에 따라 엎드렸고, 그는 방패를 들어 동료들의 앞을 막아섰다.

콰아아앙!

화르르르륵!

푸른색 불길이 지하 수로를 가득 채웠다.

화수는 호신강기를 펼쳐 불길을 막아내며 일행의 상태를 살폈다.

"괜찮습니까?!"

"티, 팀장님?!"

"전 괜찮습니다. 이래서 전문가라고 하는 겁니다."

잠시 후, 불길이 잠잠해지며 까맣게 타버린 전장이 눈에 들어왔다.

일행은 다소 멍한 표정을 지었다.

"괘, 괜찮으십니까?"

"보시다시피 멀쩡합니다. 아아, 옷이 좀 타긴 했군요."

그는 멍하니 서 있는 팀원들에게 명령을 내렸다.

"사주경계하시고 전방 50미터 앞까지 수색한 후에 보고합니다."

"예, 팀장님."

화수는 대검을 가지고 다니면서 라미아와 보티스의 시신을 대충 해체해 보았다.

촤락!

보티스의 심장에선 지름 5cm의 1급 코어가 나왔고, 나머지 시신에선 그 어떤 것도 건질 것이 없었다.

"쩝, 총알값도 안 나오겠군."

"팀장님, 좌측 이상 없습니다!"

"나머지 지역도 이상 없습니다."

"좋습니다. 일단 공병대에게 후속 조치를 부탁하고 우리는 강의 경계 지역으로 갑니다."

"예!"

능숙하게 현장을 처리하는 화수를 바라보며 강하나가 떨리는 목소리로 말했다.

"티, 팀장님!"

"말씀하십시오."

"사, 살려주서서 감사합니다!"

"감사할 것 없습니다. 원래 이 바닥에선 서로가 서로를 지켜주지 않으면 살아남기 힘듭니다. 가슴에 아로새기기 바랍니다."

"예!"

이 정도면 초입을 훈련시키는 데엔 충분할 것으로 보였다.

그녀는 화수를 향해 경례를 올렸다.

척!

"팀장님, 부탁이 있습니다!"

"부탁이요?"

"앞으로 제가 팀장님의 전령이 되겠습니다!"

그는 고개를 갸웃거렸다.

"그게 무슨 말입니까?"

"앞으로 팀장님이 어디를 가든 따라가겠습니다! 팀장님이 죽자면 죽고 밧줄 없이 15층 아파트에서 번지점프를 하자고 하면 하겠습니다!"

"하하, 난 거친 사람입니다. 다시 생각해 보는 편이 좋아요."

"…제 생각은 변함없을 겁니다!"

화수는 슬그머니 미소를 지었다.

"뭐, 나중에 한번 봅시다."

"가, 감사합니다!"

풋풋한 그녀의 동경이 화수를 향하기 시작했다.

*　　　*　　　*

교육 90일 차.

빠바바바밤!

─기상, 기상입니다!

오늘도 어김없이 국방부 시계는 돌아가고 있다.

강하나는 오늘도 역시 가장 먼저 일어나 내무실을 정리하고 화수의 머리맡에 물을 한 잔 떠다 놓았다.

"팀장님, 전투화를 닦아놓았습니다!"

"뭐 이렇게까지……."

"전투복의 칼도 잡았습니다!"

"전투복까지?"

이렇게 하니 정말 강하나가 화수의 전령이라도 된 것 같았다.

하지만 그는 장교가 전령이 되는 것은 있을 수 없다는 사실을 잘 알고 있었다.

'아쉽지만 꿈은 꿈일 뿐.'

화수는 그저 씁쓸하게 웃을 뿐이다.

잠시 후, 이성찬이 내무실 문을 열고 들어왔다.

척!

"선배님, 아침 식사 후에 곧바로 교육단장님 사열이 있습니다. 생활관에서 대기하시면 됩니다."

"예, 알겠습니다."

"오늘부로 퇴소하시는데, 불편한 점은 없으셨습니까?"

"아니, 좋았습니다."

"감사합니다!"

"생활이 너무 편했으니 보상을 하겠습니다. 기대하시지요."

"가, 감사합니다!"

이성찬의 인솔로 식당을 다녀온 화수는 깔끔하게 면도까지 하고 생활관에 대기하고 있었다.

이윽고 교육단장 이강용 준장이 화수를 찾아왔다.

"부대, 차렷!"

척!

"충성!"

"으음, 충성."

"바로!"

"쉬어! 편하게 쉬어."

"쉬엇!"

김예린의 구령에 따라 부동자세를 취한 일행에게 이강용이
말했다.

"간단히 끝내도록 하지. 강화수 준위 앞으로."

"준위 강화수!"

이강용은 화수의 계급장을 떼고 소령 계급장으로 바꾸어주
었다.

"오늘부로 강화수 준위를 소령으로 특진시키고 장교로 정식
임관한다. 3개월 동안 수고 많았고, 앞으로도 나라를 위해서
헌신할 수 있도록."

"준위 강화수!"

옷에 계급장이 붙고 난 후 화수는 다시 관등 성명을 댔다.

"소령 강화수!"

"그래, 축하하네."

"감사합니다."

짝짝짝짝짝!

화수의 소령 특진 행사가 마무리되고, 이강용은 일행을 편히
쉬도록 했다.

"다들 편히 앉게. 할 얘기가 있으니."

"감사합니다!"

이강용은 가장 먼저 화수에게 열두 장의 종이로 이뤄진 파
일을 하나 건넸다.

"자네가 부탁한 것일세. 나도 사실 확인은 아직 되지 않아서

거주지가 100% 확실하다곤 말 못 하겠네."

"감사합니다!"

그는 내무실에 앉은 세 명의 장교에게 말했다.

"사실 자네들이 이곳에 함께 묵은 것은 앞으로 한 팀에 배속되기 때문이었네. 아마 강화수 소령은 눈치채고 있었을 것으로 짐작하네."

"예, 그렇습니다."

"어떤가? 이들과 함께할 수 있겠나?"

"아주 훌륭한 인재들입니다. 제가 제대로 된 프로로 키워보겠습니다."

"그래, 이제야 이 교육단장의 마음이 놓인다."

그는 화수에게 녹색 카드를 한 장 건넸다.

"받게. 국방부 비공식 법인카드일세. 앞으로 부대 운용에 필요한 비용은 이것으로 충당하면 될 걸세."

"세액 보고는 어디로 하면 되겠습니까?"

"필요 없어. 그냥 쓰고 싶은 만큼 쓰도록."

나라에서 발급한 블랙카드라니, 나쁘지 않은 선물이다.

이윽고 그는 화수에게 특수 화학물 전문 법인 '자운화학'에 대한 등기 서류를 건넸다.

"최 대령이 약속했다는 그 회사의 등기일세. 안에 필요한 서류가 다 들어 있을 걸세. 아마도 자네는 이것이 가장 기대되었겠지."

"감사합니다."

"아무튼 회사를 굴리든 부대를 운용하든 최선을 다해주기 바라네."

"예, 알겠습니다!"

"그럼 나는 먼저 일어나지. 술이라도 한잔하고 싶지만 오늘 장성 모임이 있어서 말이야."

화수는 자리에서 일어서는 그에게 말을 꺼냈다.

"교육단장님, 한 가지 부탁이 있습니다."

"뭔가?"

"우리 훈육 담당관에게 포상을 주셨으면 합니다."

그는 낮게 웃었다.

"후후, 여전히 인심이 후하군."

"가능하겠습니까?"

"물론일세. 내가 특별 보너스와 휴가를 제공하겠네."

"감사합니다!"

이성찬이 은혜로운 눈동자로 화수를 바라보고 있다.

"…선배님!"

"약속은 약속. 잘 지내게."

"감사합니다!"

모든 행사가 끝나고 훈훈하게 마무리되려던 찰나, 강하나가 자리에서 벌떡 일어섰다.

"소위 강하나! 저도 부탁이 있습니다!"

돌아서려던 이강용 준장이 그녀를 바라보았다.

"뭔가?"

"강화수 소령의 전령이 되고 싶습니다!"

"전령?"

"하, 항상 강화수 소령의 곁을 지키고 싶습니다! 눈이 오나 비가 오나 수발을 들고 무전도 잘할 자신이 있습니다! 당번병보다 훨씬 더 잘할 자신 있습니다!"

이강용이 실소를 흘렸다.

"하하, 자네, 전령이 뭐 하는 직책인지 알고는 있나?"

"물론입니다!"

"무전기 메고 뛰어다닐 자신이 있다고? 그것도 장교가?"

"예, 그렇습니다!"

이강용 준장이 어깨를 으쓱해 보였다.

"뭐, 마음대로 하게."

"자, 장군?"

"어차피 자네의 부대에서 누가 뭘 하든 자네 마음 아닌가? 자네만 괜찮다면 전령으로 쓰게."

"아, 알겠습니다!"

강하나는 화수에게 배시시 미소를 지어 보였다.

"헤헤, 됐습니다. 이제 제가 팀장님의 전령입니다!"

"거참, 못 말리는 친구군."

어쩌다 보니 소위 전령을 얻게 된 화수다.

제10장

옛 동료들

　대전 둔산동 번화가에 '자운빌딩'이라는 건물이 새로 들어섰다.

　이곳의 등기에 나온 소유주는 자운화학, 이 회사의 대표이사는 바로 강화수였다.

　그는 아무도 없는 회사로 들어섰다.

　삐빅.

　—반갑습니다!

　총 8층으로 이뤄진 자운빌딩은 건물 전체가 탄소섬유와 강화 철판으로 이뤄져 있고, 지하실에는 핵폭탄과 리히터 규모 9.0의 강진을 견딜 수 있는 패닉 룸이 설치되어 있었다.

　한마디로 건물 전체가 거대한 요새와 같다는 소리다.

다소 적막한 자운빌딩 안으로 들어선 화수는 8층에 위치한 자신의 집무실로 향했다.

집무실 안에는 당장 사람이 일하는 데 필요한 집기와 사냥에 필요한 도구들이 준비되어 있었다.

"군 생활과 맞바꾼 회사치곤 갖출 건 다 갖추었군."

화수는 이곳에 가방을 놓아두고 오늘 다녀야 할 곳을 정리해 보았다.

그가 가장 먼저 영입할 사람은 몬스터 해체 전문가이며, 그 다음으로는 몬스터 피스 감정 전문가였다.

김상진은 논산에 거주하고 있고 임희성은 서울에 거주하고 있으니 김상진을 먼저 만나고 임희성을 포섭하면 될 것이다.

"갈 길이 멀군."

사무실을 나서려는 화수의 앞에 뜻밖의 인물이 등장했다.

삐비비비빅, 철컥!

"일찍 나오셨군요."

"김예린 대위?"

"회사에선 그냥 비서실장이라고 불러주세요."

화수는 그녀를 바라보며 고개를 갸웃거렸다.

"이상하군. 자네가 왜 이곳에 있지?"

"회사가 설립되었을 때부터 등기상에 제 이름이 들어 있었습니다. 이 회사에 제 지분이 5%쯤 들어가 있거든요."

"…난 그런 소리 들은 적 없는데?"

"없어도 사실은 사실입니다."

그는 어쩐지 모든 일이 술술 잘 풀린다 싶었다.

"그래, 순순히 나에게 모든 것을 내어줄 리가 없지."

"가시지요. 제가 모시겠습니다."

"가지."

"예, 사장님."

화수는 비서실장을 따라서 건물의 지하 주차장으로 향했다.

*   *   *

논산의 몬스터 도축장.

김상진은 아침 일찍부터 자신을 찾아온 화수를 바라보며 빙그레 미소를 지었다.

"어라? 강 상사가 아침부터 어쩐 일이야?"

"할 얘기가 좀 있어서……."

그는 김상진에게 명함을 한 장 건넸다.

[자운화학]

"이게 뭔데?"

"화학물 회사야. 합법적으로 몬스터 부산물을 취급할 수 있는 회사지."

"합법적 법인이라… 이런 것을 어떻게……?"

"뭐 어쩌다 보니? 아무튼 이제부터는 감옥 갈 걱정 없이 장사를 할 수 있어. 수렵도 합법이고."

"흠……."

"특수 수렵팀 1개 중대가 사냥한 물건을 회사로 가지고 와서 제값을 받고 파는 거야. 가공물을 만들어 유통할 수도 있고."

"꽤 좋은 조건인데?"

"만약 김 사장이 우리 회사로 와준다면 회사의 지분을 일부 지급해 주고 수익금을 지분만큼 분배할 거야. 아마 지금보다는 벌이가 훨씬 더 안정적이겠지."

몬스터 한 마리를 해체해 봐야 100만 원 남짓 만지는 그에게 몬스터 부산물을 지분대로 나누는 일은 아주 괜찮은 조건이었다.

그는 한 가지 조건을 내걸었다.

"좋아, 그렇다면 조건이 하나 있어."

"말해도 좋아."

"작업은 항상 나 혼자, 구속은 사절이야."

"물론이지."

"그래, 그것만 지켜준다면 콜이야."

화수는 그에게 악수를 건넸다.

"잘 생각했어. 이제부터는 김 사장이 아니라 김 이사라고 불러야겠네?"

"하하, 이사라… 괜히 손발이 오글거리는데?"

"당분간은 그럴지도 모르지. 아무튼 출근은 2주 후야. 출근 날짜만 좀 맞춰줘."

"오케이."

그는 김상진에게 김예린을 소개시켜 주었다.

"아 참, 그리고 이쪽은 우리 회사 비서실장 김예린 씨."

"반갑습니다."

"…미인이시네요."

"……."

김예린을 바라보는 김상진의 눈빛이 심상치 않다.

'아마 힘들 텐데?'

김예린 같은 철벽녀에게 추파를 던졌다간 정말이지 뼈도 못 추릴 것이 뻔했다.

하지만 그러거나 말거나 남의 연애사에 끼어들 화수는 아니었다.

몇 시간 후, 화수는 영등포 뒷골목 돼지 엄마 여관을 찾았다.

지성준과 임희성은 화수가 말하는 스카우트라는 것이 도대체 어떤 의미인지 잘 모르는 것 같았다.

"…우리를 꼬붕으로 쓰겠다고?"

"직원이다. 월급 꼬박꼬박 줄 것이고. 아마 지금 벌이보다는 나을 수도 있지."

"만약 지금 벌이보다 못 하면?"

"별수 없지. 하지만 이곳에서 계속 일하다간 얼마 못 가서 감옥에 들어갈 거다. 내가 장담하지."

"……."

임희성은 자신의 휘하에 있는 조직원들을 전부 데리고 가는 조건을 내걸었다.

"제가 없어지면 식구들이 굶어 죽습니다. 품어주신다면 함께 갑니다."

"의리가 있군."

"아무리 쥐꼬리만 한 조직이지만 건달은 건달입니다."

화수에게 몇 대씩 쥐어 터지고 난 후에 그 무서움을 뼈가 저리도록 깨달은 넙치파이기 때문에 그가 거둔다고 해도 별 탈은 없을 것이다.

"좋아, 그렇다면 네가 영업부장을 맡고 그 휘하의 조직원들은 영업부와 유통 부서에 각각 배속시킨다. 이의 있나?"

"없습니다."

"그리고 우리 회사는 국방부와 연계되어 있다. 만약 위법 행위를 저지르다 적발되면 쥐도 새도 모르게 죽을 수도 있어. 명심해라."

"물론입니다. 월급만 꼬박꼬박 나온다면 뭐가 문제겠습니까?"

"2주일 후에 출근이다. 정장 한 벌씩 빼입고 대전으로 거주지를 옮긴다."

"예, 형님."

화수는 자신을 부르는 호칭이 형님이든 사장이든 신경 쓰지 않았다.

덕분에 조직원들이 적응하기엔 한결 수월할 것이다.

홀로 덩그러니 남은 지성준은 어떻게 해야 할지 결정하지 못한 모양새다.

"어떻게 할 거야? 할 거야, 말 거야?"

"내가 맡을 직책은?"

"몬스터 부산물 운반 및 보관, 관리. 물류의 모든 것을 총괄하게 될 것이다. 직책의 명칭은 유통부장."

"…월급은 얼마나 맞춰줄 건가?"

"내규에 따른다. 추후에 협상할 수 있도록."

지성준의 동료 김세희가 먼저 손을 들었다.

"난 찬성. 나도 데리고 가는 거지?"

"물론이다."

김세희가 간다는데 지성준이라고 별수 있을 리가 없다.

"…블랙마켓이 아깝긴 하지만 별수 없지."

"가끔 사냥에 참가하면 N분의 1로 몬스터 시신에 대한 지분이 지급된다. 보너스라고 생각해."

그제야 지성준이 화수의 말에 동의했다.

"좋아, 그런 조건이라면 나도 찬성이다."

넙치파의 인원이 총 40명이니까 화수는 오늘 한 개의 부서를 뚝딱 만들어낸 것이다.

화수는 김예린에게 나머지 부서의 조직을 맡기기로 했다.

"각 분야의 전문가들을 헤드헌팅하고 휘하의 직원들을 면접으로 채용할 수 있도록."

"잘 알겠습니다."

이제 그는 가장 중요한 수렵 부서를 꾸리기 위해 움직였다.

                    *   *   *

강원도 최전방 철원 15사단 GOP 지역에 군용 차량 한 대가
들어섰다.

부르르르르릉!

선탑 좌석엔 아무도 없고 운전석에는 소령 계급의 장교 한
명만이 탑승해 있다.

민통선 위병소 근무자가 군용 차량에 거수경례를 올렸다.

척!

"필승!"

"수고가 많다."

"직책과 용무를 말씀해 주십시오."

"자운대 특수 수렵팀장 강화수 소령이다. GOP장님을 만나
뵈러 왔다."

"GOP장님께선 지금 CP 참모장 회의에 나가셨습니다."

"그래? 그럼 기다리지, 뭐."

"일단 통제실에 알려야 하니 잠시만 기다려 주십시오."

"알겠다."

화수의 신분증을 확인한 병사가 대대본부로 무전을 보내자
본부에서 중위 계급의 장교가 나왔다.

척!

"필승! 반갑습니다, 선배님!"

"자네는?"

"1대대 통신장교 경수찬 중위입니다."

"그렇군."

"지금 대대본부에 사람이 없어서 제가 대신 나왔습니다. 연락은 받아 알고 있었습니다만, 워낙 GOP가 바빠서 말입니다. 죄송하게 되었습니다."

"아니야."

그는 직접 화수의 차를 운전하기로 했다.

"제가 운전하겠습니다."

"고맙네."

잠시 후, GOP 지휘 통제실에 화수가 도착했다.

경수찬은 화수에게 아메리카노 한 잔을 권했다.

"한 잔 드시죠. 드릴 것이 이것밖에 없습니다."

"으음, 요즘은 커피포트도 있는 모양이지?"

"GOP라고 보급이 잘 나오는 편입니다."

화수가 처음 하사로 임관했을 때만 해도 닭장 같은 침상에 커피는 꿈도 꿀 수 없었다.

그는 새삼 격세지감을 느꼈다.

향긋한 군용 아메리카노를 음미하고 있는 화수에게 인기척이 느껴졌다.

"GOP장님 오십니다."

"충성!"

대대장 이석희 중령이 화수를 격하게 반겼다.

"이야, 이게 누구야?!"

"잘 지내셨습니까?"

"하하, 나야 항상 그럭저럭 살고 있지, 뭐. 자네는 이번에 재입대하여 특진했다고 하더니 정말인 모양이군."

"그렇게 되었습니다."

"자네도 참 대단하군. 그 고초를 겪고도 다시 군에 입대할 생각을 다 하다니 말이야."

"…그러게 말입니다."

"아무튼 이렇게 다시 만나서 반가워."

"저도 반갑습니다."

이석희 중령은 화수에게 방문 목적에 대해 물었다.

"대충 얘기는 들었네. 부사관 차출을 원한다고?"

"원래 저와 함께 일하던 인원을 다시 데리고 가고 싶습니다."

"자운대에선 알고 있나?"

"정식 승인을 모두 다 받아놓았습니다."

"흠, 그렇군."

화수는 그에게 차출 명단을 내밀었다.

"차출 인원은 최지하 상사 등 세 명입니다."

"그래, 알겠네. 차출 인원은 자운대에서 다시 충원해 주겠지?"

"물론입니다."

"좋아, 그렇다면 데리고 가게. 중대장들에겐 내가 말해놓겠네."

"감사합니다."

화수는 오늘 옛 전우들을 다시 데리고 가기 위해 이 부대를 찾은 것이다.

과연 그들이 어떻게 변했을지 궁금해지는 화수였다.

*   *   *

1대대 2중대 행정반에 화수가 들어섰다.

"쉬어! 필승!"

"그래, 충성."

행정반에서 근무하고 있던 부사관들과 장교들이 일제히 화수를 바라보았다.

그는 이곳의 행정 보급관인 최지하 상사를 찾았다.

"최지하 상사를 찾고 있다."

"행정 보급관은 지금 근무 취침 중입니다."

"그래?"

화수는 행정반 취침실의 문을 벌컥 열고 안으로 들어섰다.

"드르르르렁!"

그녀는 짧은 단발에 까무잡잡한 피부, 이탈리안 종마처럼 탄탄한 근육이 인상적인 여자다.

하지만 화수에게 있어 그녀는 매력적인 여자가 아니라 그냥 군인일 뿐이다.

"여전히 왈가닥이군."

그는 잠을 자고 있는 그녀의 야전침대를 발로 걷어차 버렸다.

퍼억!

"으허억?!"

"이런 굼벵이 같은 자식을 보았나? 지금이 몇 신데 자빠져 자고 있어?"

"어떤 개자식이……?!"

자는데 건드리면 물불 안 가리는 더러운 성미의 그녀가 화수의 면전에 주먹을 날렸다.

휘익!

마치 송곳처럼 날카롭고 매서운 펀치가 화수의 볼을 스치고 지나갔다.

하지만 그는 아주 손쉽게 그녀의 팔을 잡고 다리를 걸어 넘어뜨려 버렸다.

휘릭, 쿵!

"크윽!"

"나 원 참, 이렇게 곰탱이처럼 허우적거려서야 모기 한 마리나 잡을 수 있겠어?"

그녀는 자신의 주먹을 이렇게 손쉽게 피할 수 있는 사람은 하나뿐이라는 것을 알고 있다.

"…대장?!"

"이제야 정신이 좀 드나?"

최지하가 다소 멍한 표정으로 화수를 바라보았다.

"…죽었다고 하던데?"

"안 죽었어. 그래서 너를 데리러 온 것 아니냐?"

그녀는 화수의 머리채를 잡았다.

휙!

"이, 이놈이 미쳤나?! 뭐, 뭐하는 거야?!"

"이 양반이 정말! 사람 속은 다 태우고! 살아 있었으면 연락을 해야 할 것 아니야!"

"…사정이 좀 있었다."

그제야 화수의 머리채를 놓은 그녀는 화수를 와락 끌어안았다.

"대장!"

"자식, 안 죽고 살아 있었군."

"보고 싶었어!"

처음 하사로 임관하여 그의 부사수로 지낸 그녀에게 화수는 오빠이고 형이며 상사이고 아버지였다.

화수는 그녀에게 전출 명령서를 건넸다.

"이게 뭐야?"

"함께 가자. 대전에 자리를 냈어. 다시 함께하자고."

그녀는 고개를 끄덕였다.

"응, 좋지!"

"남은 애들은 다 어디로 갔어?"

"태하하고 은우는 같은 부대에 있어. 나머지는 나도 잘 몰라."

"그래, 남은 놈들은 천천히 찾으면 되지."

화수는 그녀와 함께 3중대로 향했다.

*   *   *

3중대 부소대장과 선임하사를 맡고 있던 김태하 중사와 정은우 하사가 다시 찾아온 화수를 맞이했다.

"대장님!"

"모두들 건강히 지냈나?"

"저희들이야 항상 잘 지내고 있습니다!"

김태하는 전 군 최고의 저격수로 전 세계에서도 몇 안 되는 절대 시력, 즉 천리안을 가지고 있었다.

그는 저격에 특화된 감각을 가지고 있어서 그 어떤 상황에서도 목표를 놓치는 법이 없었다.

정은우는 도검류를 전공하고 각종 무기를 제작하는 데 탁월한 재능을 가진 인재였지만, 3년 전에 장성을 폭행하는 바람에 진급에서 누락되었다.

아마 이제 곧 중사로 진급될 것으로 보이지만, 여전히 자숙하는 모습은 보이지 않았다.

화수가 굳이 옛 동료들을 찾으려 하는 이유는 이들이 전 군에서 최고로 가는 실력을 갖추고 있기 때문이다.

물론 이들과 함께한 세월 동안 정이 돈독하게 든 것도 한몫했다.

팀에서 수색 및 정찰, 부비트랩을 담당했던 야생 전투 전문가 최지하는 두 사람에게 전출 명령서를 전달했다.

"가자, 대장이 다시 부대를 창설했대."

"오오, 정말입니까?!"

"서류상으론 자운대에 부대가 있다고 되어 있지만 도심 한복판에 비공식 부대가 있어. 그곳에서 군 생활을 하면 된다."

"멋집니다!"

"앞으론 군에서 세워준 회사의 등기이사로서 사냥감에 대한 지분을 지급받게 될 것이다. 아마 재정적으로 힘든 일은 절대로 없겠지."

"회사라… 법적으로 그게 가능합니까?"

"불가능하지. 하지만 내가 소령으로 재입대하면서 해당 조건을 승인받았다."

"오오!"

"다만 사고 치는 날엔 감옥행이다. 명심하도록."

"물론입니다!"

화수는 이제 남은 아홉 명의 소재를 파악해야 한다.

"남은 부대원들은 어디로 갔는지 알고 있나?"

"한두 명은 소재 파악이 안 됩니다만, 나머지 인원은 여전히 연락하면서 지냅니다."

"좋아, 하나도 남김없이 찾으러 간다."

화수는 김포공항으로 향했다.

　제주도 서귀포시 칠십리교.

　휘이이잉!

　이른 봄임에도 불구하고 칠십리에는 돌풍 수준의 바람이 불어오고 있었다.

　"하암!"

　해군복을 입은 한 사내가 칠십리교 위에 앉아 낚싯대를 드리워 놓고 있었다.

　벌써 다섯 시간째 낚시질을 하고 있었으나 성과가 없는 모양이다.

　"아, 졸려."

　그는 다섯 시간째 미끼도 바꿔 끼우지 않고, 그냥 빈 낚싯대만 던져놓고 있었다.

　제주도 하면 단연 낚시를 떠올릴 정도로 낚시가 보편화되었고, 조과 역시 육지에 비해 월등이 좋은 편이다.

　하지만 그럼에도 불구하고 그가 한 마리도 낚지 못했다는 것은 아예 처음부터 미끼를 끼워놓지 않았다는 소리다.

　그는 고기를 잡는 것에는 별 관심이 없고 그냥 세월을 낚는데 심혈을 기울이고 있었던 것이다.

　낚시 의자 위에 대충 걸터앉아 있던 그는 스르르 잠에 빠져들었다.

　"쿠울……."

봄볕에 타면 약도 없다는 말이 있는데 그는 신경 쓰지 않는 모양이다.

금세 잠에 빠져든 그의 앞으로 한 척의 보트가 다가왔다.

부아아아아앙!

그는 아랑곳하지 않고 계속해서 잠에 빠져 있었다.

바로 그때, 그의 전투복으로 낚싯바늘이 날아와 꽂혔다.

퍽!

"으, 으음?"

"월척이다!"

"뭐, 뭐야?"

보트 위의 청년은 그의 전투복에 낚싯바늘을 꿰어놓고 재빨리 릴을 감았다.

드르르르르르르륵!

"어, 어어어어?!"

"가자! 낚았으니 이만 가봐야지?"

끼리릭, 부아아아아아앙!

보트에 달려 있는 모터가 돌아가자 사내의 몸이 강가로 곤두박질쳤다.

첨벙!

"어푸어푸!"

"속력을 조금 더 내지?"

"그러다 죽으면 책임지실 겁니까?"

"저 게으른 천성이 아직까지 바뀌지 않았다면 죽어도 나쁠

것 없지."

사내는 속절없이 보트에게 끌려가다가 이내 강과 바다의 경계에 띄워둔 부표를 밟고 일어섰다.

파밧!

촤라라라라라락!

부표를 수상스키처럼 타고 일어선 그는 마구 욕설을 퍼부어 댔다.

"이런 씨발! 뒈지고 싶냐?! 어디서 온 누구야?!"

"쯧, 아직도 똥오줌 못 가리고 날뛰는 것은 여전하군."

보트 위에서 정체를 알 수 없는 장풍이 날아와 사내의 복부에 꽂혔다.

퍼억!

"크헉?!"

첨벙!

다시 물에 빠진 그를 매달고 5분쯤 달린 보트는 사람이 다 죽어갈 때쯤에야 멈추었다.

"쿨럭쿨럭!"

"어때? 이제 좀 정신이 드나?"

"…대장?"

물에 빠진 생쥐 꼴이 된 사내가 드디어 웃었다.

"하하, 난 또 누구라고?!"

"잘 지냈나?"

"죽었다더니 어떻게 된 겁니까?"

"그럴 만한 사정이 좀 있었다. 네놈은 생선 가게 고양이처럼 축 늘어져 지내는군."

"할 일이 없으니까."

화수가 한 장의 종이를 건넸다.

"이게 뭡니까?"

"전출 명령서다. 함께 대전으로 가자. 그곳에 우리 부대가 있다."

"으음, 보너스 제대로 챙겨주시는 겁니까?"

"당연하지."

"좋습니다. 어차피 이곳에 더 있다간 정신병에 걸릴지도 모른다고 생각하던 참입니다."

"그래, 잘 생각했다. 함께 내려온 동료들은?"

"함께 가시죠. 다들 술이나 퍼마시고 있을 겁니다."

"이놈들, 대책 없이 퍼져 있었군."

"긴장이 풀렸기 때문이죠."

"후후, 앞으로는 긴장할 일이 좀 많을 거다."

그는 배를 타고 제주시로 향했다.

＊　　　　＊　　　　＊

제주시 시청 근처 포장마차 안.

쿵짜자~ 쿵짝!

"어느 세월에~ 너와 내가 만나~"

"좋다!"

대낮부터 벌어진 술판에는 네 명의 군인이 끼어 있었다.

그들은 노인들 틈바구니에 끼어 소주를 얻어 마시고 회까지 축내고 있었다.

"어이, 한 잔 받아!"

"예, 어르신!"

"허허, 박 중사, 부대로 안 돌아가 봐도 되는 거야?"

"괜찮습니다. 저 하나 없어도 부대는 잘 돌아가니까요. 급하면 부르겠지요."

"그래, 인생 뭐 있나? 한 잔 마셔!"

"감사합니다!"

거나한 술판이 벌어지고 있을 때 어디선가 수송기 엔진 소리가 들려온다.

휘이이이잉!

'K77 수송기?'

정원 15인의 작은 수송기인 K77 수송기는 특수 부대 중에서도 기동성을 가장 중요시하는 부대에게 배속된다.

각종 무기와 물자를 5톤까지 적재할 수 있으며, 조종사와 부조종사를 제외한 13명이 정원이다.

K-3A5 신형 기관총을 거치할 수 있으며, K-66 차기 고속 유탄 발사기를 장착할 수 있다.

한국군에 총 세 대뿐인 K77 수송기는 오직 수렵 특화 부대에게만 보급되어 있는 것으로 알려져 있다.

그는 다급히 걸음을 옮겼다.

"…제주도에 웬 수렵 부대가?"

"바, 박 중사?"

포장마차 문을 열고 달려 나온 그의 앞에 소령 계급장을 단 남자가 서 있다.

순간, 그는 자신의 눈을 의심했다.

"어, 어라? 대장?"

"오랜만이군. 요즘 술만 퍼마시고 지낸다면서?"

"대장은 분명……."

"장례를 치렀지. 하지만 살아 돌아왔다."

"대장님!"

"박창민 중사, 그만 제자리로 돌아가자."

"예, 알겠습니다!"

잠시 후, 술에 취해 있던 세 명의 군인이 달려 나왔다.

"박 중사?"

"이봐, 누가 왔는지 한번 봐봐!"

"……!"

"다들 빠져가지고 완전 당나라 군대가 따로 없군."

"대장!"

"가자. 이곳에서 시간 죽이고 있을 때가 아니다."

"알겠습니다!"

네 사람은 화수를 따라서 인근 비행장으로 향했다.

　　　　*　　　　*　　　　*

　수색 전문가와 엘리트 저격수, 소총수 등을 찾아내긴 했지만 화수에겐 아직 필요한 사람이 더 남아 있었다.

　휘이이잉!

　수렵 전담팀, 즉 야차 중대는 전용기 K—77을 타고 미국으로 향하는 중이다.

　"팀장님, 점심입니다!"

　"그래, 고맙군."

　화수의 곁에 딱 붙어 앉은 강하나는 그에게 식사를 내어주고 옷을 다려주는 등 마치 아내처럼 그를 따라다녔다.

　최지하가 그런 그녀를 바라보며 말했다.

　"얘 또 뭐야? 중학생이야?"

　"강하나 소위다. 내 전령으로 자원했어."

　"뭐? 소위가 전령을?"

　최지하가 그녀를 지그시 응시한다.

　"……"

　강하나는 자신을 뚫어져라 쳐다보는 최지하가 마음에 들지 않는 모양이다.

　"뭐, 뭐야? 장교에게 뭐하는……."

　"어머나, 귀여워! 얘가 장교라고?!"

　"우리 중대 통신을 담당하게 될 거다."

　"흐으응, 귀여워! 전투복을 입고 통신 장비를 등에 메고 다니면……."

"……."

"하악, 하악! 귀여워서 죽어버릴 것 같아!"

왈가닥 최지하지만 그녀에게도 여성스러운 면은 분명히 존재했다.

패션이나 화장 같은 분야에 관심이 많기도 하지만 뭐니 뭐니 해도 귀여운 것이라면 환장하는 그녀였다.

최지하는 강하나를 끌어안고 그녀의 볼에 자신의 가슴을 마구 비벼댔다.

물컹!

"으허엉! 너무 좋아!"

"…이, 이거 못 놓나?!"

"으허허, 이 언니가 매일 귀여워해 줄게!"

"저, 저리 가라고!"

강하나는 150㎝의 작은 키와 귀여운 외모 때문에 잘못하면 중학생으로 보일 법도 한데, 그것은 최지하에게 피할 수 없는 유혹이었다.

화수는 최지하를 강하나에게서 떼어놓았다.

"좀 떨어져!"

"하악, 하악!"

"장교 체면은 좀 세워주지?"

"…몰라, 그딴 거!"

"휴우, 하여간……."

좀처럼 말이 통하지 않는 녀석이다.

김태하 중사는 이런 일이 익숙한 듯 화수에게 나머지 중대원들에 대해서 물었다.

"대장님, 이예진 중사는 3년 전에 전역 신청을 했습니다. 지금 재입대를 권유한다고 돌아오겠습니까?"

"그거야 모르지."

"팀을 꾸리긴 꾸렸는데 폭파가 없으면……."

"한번 부딪혀 보자. 뜻이 있으면 통하겠지."

이예진 중사는 전 세계 모든 폭탄을 제거, 해제할 수 있는 능력이 있으며 반대로 같은 종류의 폭약을 제조할 수 있는 능력을 갖추었다.

이런 능력은 모두 실전에서 터득한 것이며, 전 세계 어느 곳을 가더라도 이만큼 뛰어난 전문가는 찾아볼 수 없었다.

하지만 팀이 해체되고 난 후 그녀는 한국군이 화수에게 한 만행에 신물이 나서 전역해 버렸다.

아마 화수가 다시 군에 들어가자고 설득한다고 해도 이야기가 제대로 먹힐지 의문이었다.

"그나저나 닥터는 왜 그 녀석을 따라간 거지?"

"둘이 중학교 동창이라고 한 것 같습니다만?"

"…친구 따라서 강남 간 케이스군."

폭파 담당관 이예진 중사의 단짝 백성희 중사는 야전에 특화된 최고의 의무 부사관이었다.

팀에서 지정 사수를 맡고 있었으며, 스나이퍼 김태하 중사

못지않은 명사수였다.

폭발물 전문가와 지정 사수 겸 의무 전문가가 사라졌으니 팀에겐 상당한 타격이라고 할 수 있었다.

화수는 남은 두 사람의 소재까지 파악해 둔다.

"김재성이와 황문식이는?"

"노트르담에서 무슨 성직자 훈련을 받고 있다고 했습니다."

"뭐, 성직자? 그 색골들이 무슨 성직자야?"

"대장이 죽고 난 후에 인생이 허무해졌다나 뭐라나."

"…미친놈들. 수녀들 성추행이나 안 하면 다행이지."

기관총 스페셜 리스트 김재성 중사와 차량 전문가 황문식 상사는 죽이 잘 맞아서 함께 클럽을 전전하던 사이다.

여자라면 환장하던 두 사람이 함께 신부 수업을 받는다니 화수는 기가 차서 웃음이 나왔다.

"그놈들은 잡아온다면 충분히 잡을 수 있겠군."

"물론입니다."

"좋아, 먼저 필라델피아부터 들렀다가 노트르담으로 간다."

"예, 대장님."

야차 중대의 비행기는 필라델피아로 향했다.

필라델피아 주립 대학 병원.

휘이이이잉!

"…이봐요, 왜 이곳에 비행기를 착륙시켜요?! 이곳은 응급차 가 들어오는 곳이란 말입니다!"

"잠깐이면 됩니다."

화수는 주립 대학 주차장에 비행기를 세워놓고 그녀들을 기다리고 있었다.

두 사람은 이곳에서 경비원과 간호사로 근무하고 있었는데, 아무리 연락을 해도 연결되지 않아 직접 찾아온 것이다.

야차 중대의 비행기 때문에 난리가 난 주차장으로 경비원들이 들이닥쳤다.

"선생님, 이곳에 비행기를 세워두는 것은 불법입니다."

"비상시엔 가능한 것으로 압니다만?"

"…지금은 비상시국이 아니지 않습니까."

"우리는 나름대로 급합니다."

"미치겠군."

"이예진이라는 여자가 이곳에 근무한다고 들었습니다."

"예진? 아아, 그 동양인 여자 말입니까?"

"만날 수 있습니까?"

잠시 후 이예진이 화수의 앞에 모습을 드러냈다.

"무슨 일이시죠?"

"이예진 중사, 나다."

"…대장님?"

"외딴 곳에서 고생이 많다."

"어, 어떻게 된 겁니까?! 어째서 대장이……."

"그럴 만한 사정이 있었다. 그러니……."

그녀는 고개를 푹 숙였다.

"……."

"이예진 중사?"

살며시 떨려오는 그녀의 어깨, 화수는 그녀가 울음을 터뜨렸다는 것을 알 수 있었다.

그는 이예진의 어깨를 토닥였다.

"마음고생이 많았을 것으로 안다. 하지만 내가 돌아왔다. 다시 군으로 복귀하자."

"…싫습니다."

"어째서?"

"그런 파렴치한들에게 다시 돌아가느니 죽고 말겠습니다."

"국가를 위해 충성하라는 것이 아니다. 함께하는 동료들을 위해서 돌아가자는 것이다."

"……."

비행기 안에 있던 동료들이 그녀를 보고 환호성을 질렀다.

"우워어어어어! 이예진 중사!"

"이예진! 이예진!"

"저 사람들이 진짜……."

"어때? 이래도 가지 않을 작정인가?"

그녀는 미소를 지었다.

"성희를 데리고 나오겠습니다."

"그래, 그렇게 하라고."

이제야 모든 것이 제자리로 돌아오는 느낌이 드는 화수이다.

＊　　　　＊　　　　＊

프랑스 파리에서 두 명의 동료를 픽업한 화수는 최단거리를 이용하여 대전으로 돌아가는 중이다.

김재성 중사는 옆구리에 프랑스 미녀를 딱 붙이고 앉아 있다.

"하하, 내가 성직자가 되는 것은 말도 안 되는 일이지. 안 그렇습니까?"

"난 처음부터 자네가 성직자 수업을 받는다기에 미쳤다고 생각했어."

"아니, 그리고 성직자라는 직업 자체가 상당히 억지스러운 면이 많더라 이 말입니다."

"어떤 면에서?"

"이를테면, 간음하지 말라?"

"…그래, 자네에게 간음은 생활이지."

김재성은 화수가 살아 돌아왔다는 소리가 들리기도 전에 이미 성직자 수업에서 빠져나와 교인인 프랑스 여자를 꾀어 살림을 차린 상태였다.

그의 절친인 황문식 상사는 한술 더 떠서 두 집 살림을 하다가 발각되어 쌍으로 따귀를 맞고 쫓겨났다.

"그래, 신토불이다. 여자는 자고로 한국 여자가 최고야."

"으음, 아닙니다. 우리 피앙세가 들으니 조용히 하십시오."

"이런 배신자 같으니, 자네도 일찌감치 정신 차리는 것이 좋

아. 요즘 강남의 물이 얼마나 좋은지 몰라서 그래?"

"…아아!"

화수는 그런 그들을 바라보며 한심하다는 듯이 말했다.

"저 색골들을 어쩌면 좋을까?"

"천성은 변하지 않습니다. 거세를 시키면 모를까."

"…무슨 끔찍한 소리를."

김재성과 황문식이 비행기에 타는 바람에 분위기가 조금 들뜨긴 했지만, 이 역시 아주 익숙한 일이다.

화수는 앞으로 부대가 나아가야 할 방향에 대해 설명했다.

"자, 주목!"

"주목!"

"앞으로 우리 야차 중대는 급격히 늘어난 몬스터들을 사냥하고 개체 수를 조절하며, 한편으로는 몬스터 급증에 대한 단서를 잡아낼 것이다. 또한 출몰의 미스터리를 풀 수 있는 조사도 함께 진행할 것이다. 우리와 함께 연구를 진행할 기관으로는 대전 시립 과학단이 내정되었다."

"시립 과학단이라……."

"시청 소속이긴 하지만 해외파 석학들이 즐비한 곳이다. 우리에게 많은 도움을 줄 거야."

"흐음."

"돌아가자마자 부대를 정비하고 일주일 후에 첫 출격이다. 질문 있나?"

수색, 정찰 전문가 채민준 중사가 손을 들었다.

"대장님, 그나저나 그 회사라는 것은 뭡니까?"

"아아, 회사? 자네들이 사냥한 몬스터에 대한 지분을 나눌 회사다. 나는 자네들에게 5%씩 주식을 나누어주고 이사 직함을 내릴 것이다.

그런 후에 사냥에서 나오는 수익금을 지분만큼 나누어 줄 것이다."

"한마디로 부업을 하라는 말씀이십니까?"

"이사라고 해도 별로 하는 것은 없다. 이사회와 주주총회에 참석하는 정도? 그리고 작전이 없을 때엔 회사에 머물면서 부대정비를 겸하면 된다."

"아아, 그렇다면 별로 문제될 것은 없겠습니다."

"또 질문 있나?"

"부대에서 생활하지 않는다던데, 그럼 거주는 어디서 합니까?"

"회사 인근 오피스텔을 구매했다. 오피스텔 한 채씩 돌아갈 테니 그곳에서 생활하면 된다."

의식주가 해결된다면 군인에겐 더 이상 걱정할 거리가 없다.

"질문?"

"없습니다!

"좋아, 그럼 전역한 네 사람은 자운대에서 다시 군인 신분을 회복한 후에 곧바로 복귀한다. 나머지는 당장 부대로 돌아갈 수 있도록."

"예, 알겠습니다!"

드디어 하나로 합쳐진 야차 중대의 우렁찬 목소리가 비행기 안을 울렸다.

제11장
첫 번째 임무

　이른 아침, 둔산동 자운 오피스텔 지하에 열네 명의 야차 중
대원들이 집결해 있다.

　화수는 전투복 차림의 부대원들 앞에 부동자세로 서 있었
다.

　잠시 후, 그런 그들 앞에 최성수 대령이 나타났다.

　"부대, 차렷!"

　촤라락!

　"충성!"

　"그래, 충성."

　최성수 대령은 정복 차림으로 이곳을 찾았는데, 그의 옆구리
에는 두툼한 서류 뭉치가 들려 있다.

그는 화수에게 자리에 돌아가 앉을 것을 명했다.

"모두들 앉게."

"쉬엇!"

그제야 자유롭게 자리에 앉은 야차 중대원들은 최성수 대령에게 집중했다.

그는 특유의 여유로운 미소를 지으며 부대원들을 바라보았다.

"다시 만나게 되어 반갑다. 국가를 위해 어려운 결정을 내린 자네들에게 박수를 보내는 바이다."

"감사합니다!"

"오늘 내가 이렇게 자네들을 소집한 이유는 야차 중대 개편 이후 첫 번째 임무를 하달하기 위함이다."

"임무라……."

"아마 마지막 임무를 수행하고 난 지 3~4년쯤 지났을 것으로 안다. 다들 실력은 녹슬지 않았겠지?"

"원래 얻어맞으면서 배우는 것이 군대입니다. 문제없습니다."

"하하, 그래, 맞는 말이다."

최성수 대령은 야차 중대가 수행할 첫 번째 임무에 대해서 설명했다.

"자운대 산림 방어 사령부에서 소백산으로 통하는 도로를 수복하라는 명령이 떨어졌다."

야차 중대원들의 표정엔 올 것이 왔다는 듯 싸늘한 바람이 내려앉았다.

최성수 대령은 아랑곳하지 않고 브리핑을 이어나갔다.

"첫 번째 작전 지역은 55번 고속도로를 통하여 소백산을 관통하는 죽령터널이다. 모두 익히 알고 있다시피 이곳은 국가의 중요 지역임에도 불구하고 몬스터의 잦은 출몰로 인하여 폐쇄된 곳이다. 아마 이곳을 정리하는 일이 쉽지는 않을 것이다. 하지만 소백산 연구 자료의 운반이나 자네들의 보급로, 퇴로, 병력의 수송로 등을 고려한다면 반드시 수복해야 하는 지역이다."

"흐음."

"특히나 이번 작전에는 유실된 용부원 1교와 수철교, 죽령로를 복구하는 작업이 시행될 것이다."

최지하 상사가 손을 번쩍 들었다.

"영감님."

"말하게."

"몬스터를 토벌하면서 어떻게 복구 작업을 벌입니까? 그곳은 예전에 포병들이 아주 작살을 내어놓은 터라 복구는커녕 사람이 지나다니기도 힘든 곳입니다."

"그래서 자네들이 투입되는 것 아니겠나?"

"영감님, 너무 쉽게 말씀하시는 것 아닙니까?"

"알아, 쉽게 생각하는 것."

"사람이 죽을 수도 있습니다만?"

"알고 있어. 사람이 죽을 수도 있겠지. 하지만 임무는 임무다. 우리는 주어진 임무를 착실히 수행할 뿐. 군인이 별수 있겠나?"

용부원 1교는 북서쪽에서, 수철교는 남동쪽에서 진입하는 경로이다.

특히나 수철교를 건너 동서를 관통하는 죽령터널은 길이가 무려 4.7㎞에 달하는 거대한 터널이다.

또한 차량 통행로 주변에는 선로터널이 위치해 있기 때문에 몬스터 토벌은 거의 불가능하다는 것이 정설이었다.

하지만 화수는 자신과 팀원들이 이곳을 뚫어내지 못한다면 소백산 몬스터 발원지에 대한 연구를 할 수 없음을 잘 알고 있었다.

최성수 대령은 계속해서 브리핑을 이어나갔다.

"포병대대 2개 대대가 좌우로 포진하여 사격 지원을 펼칠 것이다. 아마 2개 대대의 화력이면 교각을 완전히 무너뜨리고 입구를 뚫을 수 있을 것으로 보인다."

"입구가 뚫리면 10년 동안 묵혀 있던 몬스터들이 떼거지로 몰려나올 겁니다만?"

"그래서 자네들이 먼저 투입되는 것이다. 야차 중대는 현장에 가장 먼저 투입, 아군의 포격을 유도한다. 공군과 해병대 전투비행단의 폭격도 함께 지원될 것이다. 자네들이 포 폭격 유도만 잘해줘도 이번 작전은 손 안 대고 코 푸는 격 아니겠는가?"

"으음……."

"다리만 잘 가설해 놓아도 기갑부대와 보병부대가 진입할 수 있으니 입구를 수복하는 일은 그리 어려운 일이 아닐 것이다."

"문제는 그다음 아니겠습니까?"

"그래, 그렇지. 죽령터널 안에 뭐가 있을지 아무도 몰라. 자네들은 양쪽 다리를 가설하는 동안 죽령터널 안으로 들어간다.

그 안을 수색하고 필요하다면 남은 몬스터들을 모두 소탕할 수 있도록."

"잘못하면 다 죽습니다만?"

"알아. 그래서 야차 중대가 투입되는 것이다."

"……"

화수는 씁쓸한 표정의 부하들을 대신하여 브리핑을 서둘러 끝냈다.

"내부 진입에 대한 지원이 있습니까?"

"각종 장비와 기계화 무기가 지원된다."

"인력 지원은 없다는 말씀이십니까?"

"그렇다."

"잘 알겠습니다."

"더 궁금한 사항 있나?"

"없습니다."

"좋아, 그럼 이만 브리핑을 끝내지."

화수는 그에게 경례를 올렸다.

척!

"충성!"

"충성, 편하게 쉬어."

"예, 알겠습니다."

브리핑이 끝난 후 야차 중대원들은 한숨을 푹 내쉬었다.

"허 참, 다 죽으라는 소리가 아니면 뭐야?"

"원래 우리 일이 그렇지, 뭐."

"하여간 저 영감탱이 진짜……."

화수는 불만이 가득한 부하들을 다독였다.

"자, 가자. 이번 작전이 끝나면 모두들 푹 쉴 수 있도록 휴가를 주겠다."

"휴가비도 나옵니까?"

"터널을 털어서 나오는 물건은 다 우리 것이다."

"오오!"

"떼돈 한번 벌어보자고."

"우워어어어어어!"

그제야 부대원들의 얼굴이 조금은 밝아진 것 같다.

*　　　　*　　　　*

다음 날, 야차 중대의 K-77 전용기가 55번 고속도로에 위치한 봉현터널 앞에 착륙해 있다.

화수는 K-701 적외선 망원경으로 봉현터널 안을 바라보고 있었다.

지이이잉!

[생체 반응 없음]

"망원경으론 아무것도 없다고 나오는군."

"정말 아무것도 없을까요?"

"그거야 두고 봐야 알지."

죽령터널로 이어지는 길목에 있는 다리 중 죽령교 후방의 교각은 전부 유실되지 않은 상태였다. 하지만 봉현터널부터 죽령교를 잇는 55번 고속도로의 상황은 아무도 예측할 수가 없었다.

죽령교 유실 이후에도 이곳엔 몬스터가 꽤 자주 출몰해서 접근 금지 구역으로 만들어 버렸기 때문이다.

덕분에 5㎞가 넘는 구간에 전부 대인지뢰를 깔아놓고 콘크리트 임시 옹벽을 쌓을 수밖에 없었다.

아마 공중에서 사람이 뚝 떨어지지 않는 이상에야 이곳의 상황은 아무도 예측할 수 없을 터였다.

화수는 고공 낙하까지 생각해 보았지만 그것은 자살 행위밖에는 되지 않았다.

그는 망원경을 접었다.

"그럼 슬슬 출발해 볼까?"

"부대, 집합!"

최지하 상사의 집합 명령에 열두 명의 야차 중대원들이 전부 집결했다.

화수는 부대원들에게 유의 사항을 설명했다.

"저 안에 무슨 몬스터가 있을지 아무도 모른다. 가로등도 없고 레이더 감지도 불가능하다. 오로지 감으로 저 안을 뚫고 가야 한다는 소리다."

"작전 개요도에 봉현터널 얘기는 없었습니다만?"

"그랬지. 하지만 이곳을 뚫지 않고선 공병대가 교각을 설치할 수 없다."

"포격은 지원됩니까?"

"안 된다. 교각이 무너지면 작전이 더 길어질 수밖에 없어."

"허, 참……."

"지금부터 우리는 몬스터를 토벌하기 위해 투입된다. 질문 있나?"

"없습니다!"

한창 브리핑이 이어지는 동안 최지하가 강하나의 옆구리를 쿡쿡 찌르며 말했다.

"하나야, 언니가 지켜줄게. 넌 그냥 대장 오빠의 무전만 잘 받으면 되는 거야."

"…그만 좀 해. 남들 보기에 부끄럽지도 않아?"

"으헝헝, 그렇게 화내는 것도 귀여워."

"……."

김예린이 최지하와 강하나를 떨어뜨려 놓는다.

"그만하지."

"부중대장님, 이 여자가 자꾸……."

최지하가 날카로운 눈으로 김예린을 노려보았다.

"…뭐 하는 겁니까?"

"간부로서 체면도 없습니까? 체통 좀 지키시죠."

"뭐요?"

최지하는 팀에서 부중대장을 맡았는데, 포지션은 군의관 겸 지정 사수이다.

사관학교에서 의학을 전공한 김예린은 팀의 안전과 위생을 책임지는 중요한 인물이 되었다.

그러나 최지하는 그런 그녀가 마음에 들지 않는 듯 사사건 건 부딪치기 일쑤였다.

화수는 싸움이 더 번지기 전에 부대를 출발시켰다.

"그럼 출발하지."

"출발!"

야차 중대는 봉현터널로 향했다.

*　　　*　　　*

봉현터널 안.

치지지지지직!

천장에 매달려 있던 전등이 깨져 깜빡깜빡 점멸하고 있고, 그 주변으론 사람의 것으로 보이는 혈액이 낭자해 있다.

"…을씨년스럽군."

"터널이 보통 다 이렇지, 뭐."

화수는 최지하의 곁에 있는 강하나를 바라보며 물었다.

"괜찮나?"

"괘, 괜찮습니다!"

우렁차게 답한 강하나의 목소리가 동굴 안을 쩌렁쩌렁 울린다.

순간, 최지하가 대열을 멈춰 세웠다.

"정지!"

최지하가 강하나를 바라보며 살며시 윙크했다.

"작전 중 기도비닉 유지는 기본이야. 알지, 베이비?"

"죄, 죄송……."

"쉿, 조용히."

"네……."

최지하가 그녀를 곁에 둔 것은 강하나가 귀엽기도 했지만, 그녀가 실수하여 위험에 빠질까 걱정이 되었던 것이다.

그녀는 강하나를 아주 부드럽게 대하지만 김예린은 아니었다.

"강하나 소위, 똥오줌 좀 가리지?"

"죄송합니다. 저는 그냥……."

"계속 갑시다."

최지하는 김예린을 노려보며 한마디 하려다 꾹 참았다.

최지하는 그녀를 데리고 다니면서 각종 유의 사항에 대해서 덧붙였다.

"동굴 안에는 몬스터들이 어디서 튀어나올지 아무도 몰라.

그러니 발밑은 물론이고 머리 위도 조심해야 해."

"아, 알겠습니다."

바로 그때, 강하나의 발밑에서 불현듯 손이 뻗어 나왔다.

파악!

—끄어어어어!

"어, 어어어!"

"좀비군."

가끔 사람이 죽어 백골이 되기 직전에 되살아나는 경우가 있다.

이런 경우엔 거의 사람으로서의 자각이 없어 인간이라고 할 수 없고 그저 조금 느린 몬스터에 불과하다.

등급으로 따지자면 최하위에 불과한 좀비이지만 사람이 수백, 수천이 죽은 현장에선 얘기가 다르다.

최지하는 대검으로 좀비의 머리를 찍어버렸다.

퍼억!

푸하아악!

"우, 우욱!"

"좀비는 대가리를 날려야 죽어. 익히 들어서 알겠지만 좀비는 맷집이 가히 최고라고 할 수 있지."

"…물리면 좀비로 변하고 막 그러나요?"

"으흥흥, 귀여워! 영화도 아니고, 그럴 일 없어. 그냥 좀 아플 뿐이지."

"아아……."

잠시 후, 최지하의 앞에 하나둘씩 좀비들이 땅속에서 모습을 드러내기 시작했다.

—끄어어어어!

하지만 그중에서도 가장 눈에 띄는 좀비가 한 마리 있었다.

—크ㅇㅇㅇ으아!

일반적인 좀비에 비해 족히 열 배는 될 법한 덩치에 기민한 움직임, 속칭 좀비 로드라 불리는 락샤샤가 분명했다.

락샤샤는 인도에서 처음 발견된 식인 몬스터인데, 지하에 잠들어 있는 시신을 좀비로 만들어낼 수 있는 능력을 가지고 있었다.

녹색 불길이 일렁거리는 락샤샤의 눈동자는 인도에서 '악마의 눈'으로 통한다.

"락샤샤라… 인도의 아종이 이곳까지?"

"일본의 갓파처럼 인도의 군이 한국으로 들어올 때 함께 들어온 것 아니겠습니까?"

"그럴 수도 있겠지."

원래 락샤샤는 인도 사원에서 종종 발견되곤 했는데, 그 활동 범위가 그리 넓지 않은 것이 특징이다.

하지만 그런 락샤샤가 소백산 자락까지 왔다는 것은 뭔가 좀 이상한 일이었다.

'소백산맥에 뭔가 이상한 일이 일어나고 있음이 분명하다.'

화수는 소백산 정상까지 무슨 일이 있어도 도달해야 함을 절감했다.

"락샤샤는 좀비를 만들어내는 것을 빼면 그리 대단한 놈도 아니다. 단숨에 놈을 없애고 터널을 뚫자."

"예, 팀장님!"

방패를 앞세운 화수가 가장 먼저 돌격했다.

—크하아아악!

퍼억!

가시와 징이 박힌 너클을 손에 낀 화수가 좀비의 머리통을 후려갈기며 공격의 물꼬를 텄다.

그가 돌격하는 동안, 팀원들은 각자 정해진 포지션을 잡았다.

철컥!

"대장을 엄호한다!"

"입감!"

최지하를 필두로 한 네 명의 소총수가 화수를 지원하고, 그 뒤를 따르는 유탄수들이 적절히 후방을 공격했다.

퍼엉, 콰앙!

유탄이 후방을 교란시키는 동안, 지정 사수들이 중거리 저격으로 화수를 엄호했다.

타앙, 타앙!

K—2 소총을 개량하여 만든 지정 사수 소총 K—20 소총은 유효사거리 400m에 최대사거리가 3km이다.

6㎜철갑탄을 사용하는 데다 총신이 K—2에 비해 많이 짧아

졌기 때문에 유효사거리가 400미터에 불과한 K—20이다. 하지만 집탄성이 좋고 최대 발사 속도가 분당 900발에 이르기 때문에 근접 전투에서도 뛰어난 면모를 보인다.

K—20이 일반 탄알에 비해 족히 두 배는 무거운 철갑탄을 사용하는 이유는 이것이 대 몬스터 전에서 주로 사용되기 때문이다.

일반 보병에서는 K—2를 기존의 5.56㎜ 탄환에 최적화되게 개량하여 광학화 장비를 달았기 때문에 지정 사수 소총이 필요하지 않았다.

하지만 대 몬스터 전투에서의 지정 사수는 5.56㎜ 탄환으론 제 기능을 발휘하기 힘들었다.

하여 군부에서 특별히 K—20을 개발하게 된 것이다.

지정 사수들이 철갑탄으로 화수를 엄호한다면 그 후방의 저격수는 대물용 저격총 K—88 소총으로 단단히 뒤를 지켜주고 있었다.

—좌측 4미터 앞, 적 발견. 브라보, 제거하겠음.

철컥, 쾅!

14㎜ 대물 장갑탄을 사용하는 K—88 저격총은 미국의 M81 저격총에서 아이디어를 얻어 개발된 괴물 특화 저격 총이다.

강철은 물론이고 콘크리트까지 관통하는 K—88 저격총은 장장 1,800㎝의 거대한 몸통을 가지고 있는데, 이는 유효사거리 3,100미터를 완성하는 중요한 요인이 된다.

엄청난 유효사거리와 강력한 관통력까지 가진 K—88이지만 단점은 분명히 존재했다.

광학화 장비와 스코프, 탄장, 확장 개머리판 등을 합치면 총 무게가 15㎏이 넘어가기 때문에 한 번 자리를 잡으면 거의 움직이는 것이 불가능하다고 볼 수 있었다.

하여 야차 중대에선 저격수와 최전방 돌격수를 중심으로 팀이 운용되고 있었다.

저격 진지 옆에는 중기관총이 위치하며, 그 앞에는 의무 담당관이자 지정 사수가 자리 잡는다.

오늘은 의무 담당관 옆에 군의관 겸 지정 사수도 함께하고 있었다.

타앙, 타앙!

김예린은 특유의 날카로운 사격술로 탄알 한 발 당 한 마리의 좀비를 부지런히 해치우고 있었다.

"역시 보통 사람은 아니군요."

"유비무환입니다. 자운대에서 저격 훈련을 받았습니다."

"과연."

과연 김예린이 어떤 부대에서 전출온 것인지는 알 수 없었지만, 야차 중대원들은 그녀가 보통 인물은 아닐 것이라고 생각했다.

어깨에 붙은 엠블럼들만 따져도 어지간한 특수전 사령부 소속 원사와 맞먹을 정도로 많은 훈련을 받은 그녀였다.

게다가 지금 총을 쏘는 폼을 보면 그냥 학교에서만 훈련받은 사람처럼 보이지 않았다.

야차 중대원들은 그녀의 화려한 사격술을 구경하며 천천히 전진했다.

*   *   *

대략 한 시간 후, 화수와 야차 중대는 드디어 락샤샤 한 마리만 남겨두었다.

─키헤에에에엑!

화수는 놈에게서 무언가 알아낼 것이 있기에 함부로 목을 치지 않았다.

부웅!

쾅!

─크헥, 크헥!

명치에 장을 맞았으니 제아무리 락샤샤라고 해도 당분간 몸을 움직이긴 힘들 것이다.

최지하는 기절한 락샤샤의 몸을 이동용 냉동 창고에 집어넣었다.

휘이이잉!

순간 냉동 온도가 영하 70도에 이르는 이동용 냉동 창고는 주로 몬스터의 살아 있는 샘플을 채취할 때 사용된다.

"골치 아픈 놈 하나 잡았네."

"이놈, 도대체 어떻게 해서 이곳까지 온 걸까?"

"그러게 말이야."

잠시 후, 후방에서 거대한 윙바디 차량 두 대가 달려왔다.

부아아아앙!

"어이, 강 상사!"

"왔군."

윙바디 차량에 탑승한 사람은 다름 아닌 지성준과 김상진이었다.

두 사람은 터널 이곳저곳에 널브러진 좀비의 시신들을 바라보며 고개를 가로저었다.

"아주 작살을 내놨군. 이래서 뭘 건지긴 하겠어?"

"숫자가 너무 많았다. 어쩔 수 없었어."

"뭐, 그랬다면 어쩔 수 없고."

지성준과 김상진이 끌고 온 차량에서 넘치파 일행이 쏟아져 나왔다.

"안녕하십니까, 형님!"

"그래, 다들 고생이 많다."

"아닙니다, 형님!"

"다들 시신 치워서 어서 대전으로 돌아가라. 이곳의 분위기가 심상치 않다."

지성준은 냉동고 안에 들어 있는 락샤샤를 발견했다.

"…락샤샤? 저것이 왜 한국에 있어?"

"나도 그게 궁금한 참이다."

임희성은 화수에게 아주 짧은 단서를 제공해 주었다.

"블랙마켓에서 한국산 락샤샤 코어를 판매하는 것을 보았습니다."

"한국에서 또 락샤샤가 발견되었었다고?"

"어디서 사냥한 것인지는 모르겠습니다만 분명 락샤샤의 것이라고 했습니다."

"흠, 그래?"

"자세히 알아볼까요?"

"그래, 블랙마켓에서 락샤샤의 코어를 판 사람을 수소문해봐."

"예, 형님."

이제 전장도 정리했으니 슬슬 다음 지역으로 넘어갈 차례다.

"최 상사, 공병대대와 포병대대에 전화해. 남동부 지역 첫 번째 길이 열렸다고 말이야."

"알겠어."

"자, 그럼 슬슬 움직이자고."

화수를 따라서 열네 명의 팀원은 두 번째 전투 지역으로 향했다.

*　　　*　　　*

자운대 수렵 사령부 지하 회의실.

회의실에는 최성수 대령과 인도네시아 군정 소속 우딘 헤르만 준장이 마주 앉아 있다.

우딘 헤르만 준장은 벌써 세 갑째 담배를 피우며 앉아 있었다.

"후우……."

"많이 답답하신 모양입니다."

"그렇소. 이거야 원, 사람이 살 수가 없소."

"그렇지요. 인도네시아의 일제적 화산 분화는 쓰나미 이후 최악의 자연재해라고 할 수 있지요."

"…만약 그것만으로 끝났다면 문제가 되겠소?"

"그렇다면……."

우딘 헤르만은 최대한 말을 아낀다.

"노부사 키라유키 준장과 조광수 소장이 오시면 자세히 말해주겠소."

"뭐, 그렇게 하시지요."

잠시 후, 우딘 헤르만이 말한 두 사람이 등장했다.

끼익, 쿵!

단단한 철문이 닫히자 최성수 대령이 자리에서 일어섰다.

척!

"충성!"

"그래, 쉬게."

조광수 소장을 따라온 노부사 키라유키 준장이 두 사람에게 악수를 건넸다.

"반가워요. 키라유키 준장입니다."

"우딘 헤르만입니다."

"반갑습니다."

노부사 키라유키 준장은 50대라는 나이가 믿기지 않을 정도로 대단한 동안을 유지하고 있는 미인이었다.

평소와 같았다면 그녀의 미모에 대한 칭찬이 오갔겠지만, 지금은 그럴 분위기가 아니었다.

"그래, 분화구에서 무슨 일이 벌어졌다고요?"

우딘 헤르만은 그제야 자신의 가방에서 서류 뭉치를 꺼내 책상 위에 올려두었다.

"한번 보시지요."

위성사진과 심해 촬영 사진으로 이뤄진 몇 장의 사진에는 길이 20미터의 생명체가 들어 있었다.

"…이게 뭡니까?"

"화산 분화구 중심에서 찍힌 겁니다. 정확히 뭐하는 생명체인지는 아직까지 알 수가 없습니다."

"마그마 안에 이런 놈이 들어가 있었다는 소리입니까?"

"이건 시작에 불과합니다."

우딘 헤르만은 몇 장의 사진을 더 꺼냈는데, 그 안에는 무려 55미터에 달하는 괴수가 나와 있었다.

"허, 허어!"

"이놈의 주변 온도가 평균 50도 이상 올라가 있었습니다. 지금은 자바섬 중앙부에 아예 자리를 잡았고요."

"설마 이놈의 주변으로 몬스터들이 창궐하고 있습니까?"

"생전 처음 보는 몬스터들이 줄줄이 기어 나오고 있습니다.

이제는 우리 군만으론 감당이 안 될 지경이지요."

네 사람의 표정이 딱딱하게 굳었다.

"…북극해 인근 그놈과 비슷하군요."

"S—11 말입니까?"

"네, 그렇습니다."

노부사 키라유키 준장은 유엔 안보리를 소집할 것을 제안했다.

"각국의 대표들에게 이 사실을 알리는 편이 좋겠습니다. 이대로 가만히 두었다간 무슨 일이 벌어질지 아무도 몰라요."

"하지만 잘못 건드렸다간 북극 사태처럼 이상 현상이 증폭되어 괴수들이 더 날뛸 수도 있어요. 각국 정상에서 이 사태를 알면 가만히 있겠습니까? 핵을 쏜다고 난리나 안 피우면 다행입니다."

"그렇다고 저놈을 이대로 가만히 내버려 둘 수도 없는 노릇 아닙니까?"

"흐음."

"아아, 그가 있잖습니까?!"

"그래요. 한국에 스페셜 리스트가 있지요. 그를 조사단으로 파견하면 뭔가 나오지 않겠습니까?"

좌중의 안목이 한군데로 몰렸다.

"최 대령, 그는 지금 어디에 있습니까?"

"소백산에서 임무를 수행하고 있습니다. 아마 삼 주일쯤 걸릴 것으로 보입니다."

"…일주일 내로 그를 자운대에 소환하세요."

"예? 하지만 저놈은 지금 미확인 상태이기 때문에 상황을 더 지켜보고……."

"시간이 없다고 말하지 않았습니까?"

최성수는 입술을 짓깨물었다.

"…그렇게는 못 합니다.

"…뭐요?"

"암에 걸렸다가 간신히 살아난 사람입니다. 아무렇게나 막 굴릴 수는 없어요."

"아무렇게나 막 굴리다니, 지금 그걸 말이라고 하십니까?!"

그는 장성들에게 물었다.

"S—11을 조사하던 도중 강화수 소령에게 무슨 일이 있었는지 다들 잘 아시지 않습니까?"

"……."

"또다시 그를 사지로 내몰 수는 없습니다."

"…뭐요?!"

조광수 소장이 두 사람을 만류했다.

"됐습니다. 그 일은 제가 알아서 하겠습니다."

"…하여간 저 똥고집을 누가 말려?"

그는 최성수를 바라보며 말했다.

"그에게 의중을 물어보고 임무에 투입시키도록 하게. 만약 그가 하지 않겠다면 나도 강요하지는 않겠어."

"……."

"이건 개개인의 사정보다는 국가의 명운이 걸린 일이야."

아무런 말이 없는 최성수 대령에게 조광수 소장이 말했다.

"명심하게. 그를 다시 끌어들인 사람은 자네야. 이제 와서 깔끔한 척 굴지는 말라고."

"…압니다. 하지만 그가 다시 희생되는 일은 없어야 합니다."

"지금은 예전과 달라. 불의의 사고를 당하는 일은 일어나지 않을 걸세."

화수가 결정적으로 암에 걸리게 된 사유에는 몬스터 사체가 뿜어내는 방사능도 한몫을 했지만, S—11이라 불리는 몬스터의 조사 때문이기도 했다.

조광수 소장이 그에게 자료 수집책을 건넸다.

"그가 수락하면 군말 없이 데리고 와. 명령이다."

"…알겠습니다."

최성수는 무거운 마음으로 파일을 받았다.

*   *   *

늦은 밤, 소백산 캠프로 최성수 대령이 찾아왔다.

척!

"충성!"

"그래, 쉬게."

"예, 본부장님."

최성수는 특별 수렵 본부장으로 발령되어 임무를 수행하고 있었다.

이제 화수에게 있어 그는 직속상관이나 마찬가지였다.

"강화수 소령."

"예, 본부장님."

"자네, 출장 좀 다녀와야겠어."

"무슨 말씀이신지……."

"내키면 가고, 싫으면 그냥 가지 말게."

"예?"

그는 화수에게 묵직한 서류 뭉치를 건넸다.

"이게 뭡니까?"

"나중에 혼자 풀어보게."

"……?"

이윽고 그는 화수에게 또 하나의 봉투를 건넸다.

"받게."

"이건 뭡니까?"

"선물일세. 이제 곧 자네의 생일이 아닌가?"

"……."

"아무쪼록 이번 임무가 끝나면 곧바로 자운대로 돌아오게. 알겠나?"

"예, 알겠습니다."

척!

"충성!"

"충성."

최성수가 사라진 후 화수는 임무와 관련된 봉투를 뜯어보았다.

[인도네시아 분화구 미확인 생명체에 관한 보고서]

"미확인 생명체?!"

순간, 그의 머리에 끔찍했던 광경이 스치고 지나갔다.

화수가 생각에 잠겨 머리를 정리하고 있는 바로 그때였다.

슈우웅, 콰앙!

"크아아아악!"

"뭐야?!"

화들짝 놀라 막사를 뛰쳐나온 화수는 하늘에서 떨어지고 있는 작은 유성우를 바라보았다.

슝슝슝!

"저, 저게 다 뭐야?!"

유성우는 화수의 캠프를 쑥대밭으로 만들고 있었다.

슈웅!

그중 하나가 화수에게로 날아왔다.

화수는 장을 뻗어서 유성우를 쳐냈다.

"천마신장!"

콰앙!

자신의 몸을 지키기 위해 유성우를 쳐낸 화수였지만, 막상 유성우를 쳐내고 보니 그 내용물이 좀 이상했다.

꿀렁!

"모, 몬스터?!"

화수의 캠프를 덮쳐오는 유성우의 정체는 바로 몬스터였
다.

『현대 천마록』 2권에 계속…

이제부터 전자책은

이젠북

www.ezenbook.co.kr

새로운 세계가 열린다!

이름만 들어도 황홀할 정도의 별들의 향연!

이들의 "유료연재"가 시작됩니다!

검색창에 **이젠북**을 쳐보세요! ▼

초대형 24시 만화방

신간 100%, 샤워실, 흡연실, 수면실(침대석), 커플석, 세탁기 완비

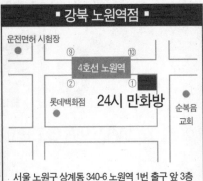
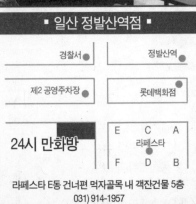

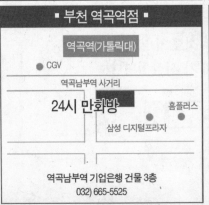
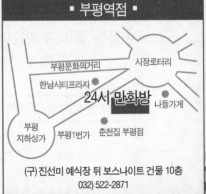

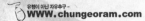

박선우 장편소설

FUSION FANTASTIC STORY

멋진 인생

Wonderful Life

태어나며 손에 쥔 것이라고는 가난뿐.

그러나 내게는 온몸을 불사를 열정과
목숨처럼 소중한 사랑이 있었다.

『멋진 인생』

모두가 우러러보는 최고의 직장이자 가장 치열한 전쟁터,
천하그룹!

승진에 삶을 바친 야수들의 세계에서 우뚝 서게 되는
박강호의 치열하지만 낭만적인 이야기!

Book Publishing CHUNGEORAM

유행이 아닌 자유추구
WWW.chungeoram.com

강준현 장편소설
FUSION FANTASTIC STORY

인생을 바꿔라

『복수의 길』, 『개척자』 강준현 작가의
2016년 신작!

자신이 무엇인지 알지 못하는 정신체, 염.
세상을 떠돌며 사람의 몸속으로 들어가
에너지를 얻고 나오길 반복하던 어느 날.

사고로 인한 하반신 마비, 애인의 이별 선언.
삶에 지쳐 자살하려는 김철의 몸에 들어가게 되는데……

"뭐, 뭐야! 아직도 못 벗어났단 말이야?"

새로운 삶을 살리라,
정처 없이 떠돌던 그의 인생 개척이 시작된다!

"어떤 삶인지 궁금하다고? 그럼 한번 따라와 봐."